Elisabeth Thaler

Kastl 93

AF282371

Elisabeth Thaler

Kastl 93

Drei Erzählungen

Mit einem Nachwort von Dr. Dieter Scheidig

Bruck an der Mur 2024

Bibliografische Information der Deutschen Nationalbibliothek:
Die Deutsche Nationalbibliothek verzeichnet diese
Publikation in der Deutschen Nationalbibliografie;
detaillierte bibliografische Daten sind im Internet
über http://dnb.dnb.de abrufbar.

Lektorat und Korrektorat: Dr. Dieter Scheidig, Barbara Stefan, M.A.;
Albert Wonaschütz, M.A.
Umschlaggestaltung: Andreas Engelmeier

Herstellung und Verlag: BoD – Books on Demand, Norderstedt

ISBN: 978-3-7583-29753

Zugeeignet meinem lieben Vater,

Herrn Magister Christoph Thaler

sowie allen Vätern, die ihre Töchter in Liebe und Großmut
erziehen und heranwachsen lassen

und ihnen die
musikalischen und literarischen
Freunde und Freuden gönnen.

Inhaltsverzeichnis

I

Ein Wort zuvor

Ein Germanistikstudium schützt vor Torheit nicht. Vieles natürlich erfährt man, doch vieles wird dem Begeisterten auch entzaubert, indem einem Menschen feststehende literarische Deutungen oft aufgezwungen werden.

Wieso war und ist es nicht statthaft, als Student individuelle und eigene Erfahrungen mit einem Text, ja mit dem Werk eines Dichters zu machen, die nicht dem allgemein literaturwissenschaftlichen Konsens entsprechen?

Warum soll es nur die eine, rein theoretische und einzig auf Nutzen orientierte Zugangsweise zu den Texten großer Autoren geben?

Bei stiller Mitstreiterschaft des Literaten Timo Kölling, der sich auch unter Berufung auf den Forscher Hamlin gegen diese festgefahrene Meinung stemmt, dort in seinem Essay „Hölderlins Landschaft"[1], schlägt die Autorin einen anderen Weg zur Erkundung von Literatur ein.

---

[1] Zitiert nach Timo Kölling „Hölderlins Landschaft" Dort S. 53, Fußnote 63.

Denn was ist gegen ein naiv-begeistertes Bild zu sagen, das man von einem Dichter haben kann, wenn es jungen Menschen eine besondere Bewunderung vermittelt, welche vielleicht zu einer lebenslangen Beziehung sich entwickelt?

Vorerst sollen drei Schriftsteller in diesem Erzählungsband nun in ihrem Leben und Wirken durch die Augen des Mädchens und der Frau Laura geschildert werden. Sie begibt sich mutig und unvoreingenommen in die Lebensbereiche von E.T.A. Hoffmann, Friedrich Hölderlin und Rainer Maria Rilke. Ihr und das Leben der Dichter verschmelzen auf wunderbare Weise; die Literaturschaffenden werden gleichsam zu Schicksalsgenossen, die sich ein Leben in ungewisser Zeit zu teilen haben. Und doch sind alle drei Erzählungen durch Motive verbunden.

Und eines ist gewiss: Laura wird künftig noch andere Schriftsteller begleiten…

Denn das ist ihre Leidenschaft.

Elisabeth Thaler, den 17. März 2024

Kastl 93

Ein Versuch über die Dichtung und das Leben
E.T.A. Hoffmanns

All meinen Schülern und dem Meister Georg zugeeignet!

Diese Erzählung bedient sich noch nicht der Rechtschreibreform

1

Manche Abende sind von einem ganz eigenartigen Zauber. Der Künstler spürt, daß gerade zu dieser späten Stunde etwas Besonderes entstehen will, weiß sich aber nicht zu erklären, warum es genau dieser Abend ist, wiewohl es doch zahllose andere gibt. Vielleicht ist es so, weil alles übereinstimmt: Die Erinnerung an die Begebenheiten des Tages, friedliche Gedanken, Ruhe und anderes, was das Herz eines Menschen geneigt macht, Kraft zu sammeln, um sich aufschwingen zu können.

Im Jahre 1993 lag einer dieser Abende über der alt-ehrwürdigen, fränkischen Bischofsstadt Bamberg. In einem Hinterhof, wo noch die Brunnen ein wenig Wasser hervorglucksten und zwischen den großzügig verlegten Pflastersteinen Moos und Grasbüschel wucherten, begann ein Fliederstrauch seine vielen tausend duftenden Blüten zu öffnen und streckte seine Arme wie Fühler nach den holzgezimmerten Balkonen und Balustraden jener Häuser

---

[2] „Die Barmherzigkeit des Herrn will ich in Ewigkeit singen" Psalm, 88, Vers 2.

aus, die auf sehr liebenswürdige Art ein wenig heruntergekommen waren und somit einem alten Mütterlein gleichen mochten.

In einem solchen Haus brannte hinter einem der Fenster noch Licht in der Stube.

Ein schwarzhaariger Mann in einem grünen Arbeitskittel beugte sich an einem einfachen Tisch über ein großes Stück Papier. Augen, denen keine Einzelheit zu entgehen schien, musterten die geschwungenen und gerade gezogenen Linien auf dem Papierbogen: Ja, es war die perfekte Form.

Meister Georg Kastl entwarf eine Geige nach einem alten italienischen Modell, nach den Werken des Meisters Guadagnini[3] Perfekt, dachte er bei sich, perfekt und vielleicht gerade deswegen fast irgendwie langweilig. Mit einem Seufzen der Ratlosigkeit ließ er sich an die Lehne seines grobgezimmerten Sessels fallen und verschränkte die Arme.

Geschichte, das wäre es! Wenn eine ganz neue Geige bereits eine Geschichte erzählen könnte wie die über mehrere hundert Jahre alten, wäre sie einzigartig!

---

[3] Giovanni Battista Guadagnini, italienischer Geigenbauer der ersten Hälfte des 18. Jahrhunderts.

Mitten in diesen Erwägungen vernahm Meister Georg ein merkwürdiges Knirschen in der Wand seiner Werkstatt. Ihn verwunderte dies, weil es im rückwärtigen Teil des Gebäudes um diese Uhrzeit sonst recht still war. Vorne lärmten die Studenten, die von einem Verbindungshaus zum anderen zogen, doch hinten war nichts davon zu hören.

„'S werden doch nicht die Ratzen und Mäus das Haus in Beschlag nehmen", befürchtete der Mann und stand energisch vom Tisch auf, um dem Geräusch auf die Spur zu kommen. Das konnte er nun wirklich nicht brauchen! Er hatte von einem Passauer Kollegen gehört, daß der unlängst entdeckt habe, wie eine Maus in einem seiner Bässe ihre Brut großzog. Bemerkt habe er es nur, weil die schwarzglänzende Hauskatze ständig am F-Loch des Basses herumtappte.

Schon wieder wurde das Knarren laut, doch zu diesem mischte sich unversehens ein Ächzen, wie es nur einem Menschen entstammen konnte, dessen Leben im Grunde verfehlt war, der in allem, was er je tat, jene tiefe Vergeblichkeit zu sehen glaubt, welche eine Seele müde und verzagt werden läßt.

Diesmal schabte und kratzte es bei den Hobeln.

„Wer ist da?" entfuhr es Meister Kastl, „es muß jemand da sein!"

Er brauchte nicht lange zu suchen. Vis á vis von seinem Arbeitsplatz, wo die Skizze lag und wohin er gerade zurückkehren wollte, saß eine bleiche Frau, deren Anblick erschreckend durchsichtig und immateriell war. In einen schmutzigen Lumpen gehüllt glarte sie den Meister aus blicklosen Augen an. Ihn ergriff staunendes Entsetzen über diese Erscheinung. Bisher hatte er die Existenz von armen, unerlösten Seelen für einen Unfug gehalten, den sich einmal ein paar geistliche Herrn ausgedacht hatten, um die Leute in Furcht zu versetzen. Aber manchesmal schien in alledem ein Fünklein Wahrheit zu stecken, besonders wenn er bei seiner Arbeit unwillkürlich über das jämmerliche Dasein jener Unruhegeister nachsann und ihm dann ein Klingenzug oder eine Lackarbeit besonders gut glückte.

Obwohl er den nächtlichen Besuch nicht ohne Schaudern beobachtete, setzte er sich dennoch gefaßt zu der Erscheinung an den Tisch.

„Wer bist du", fragte er nach einer Weile, „und warum bist du hier?"

Die Art, wie das Wesen die Lider senkte, erinnerte ihn an ein verwöhntes Mädchen, dem man etwas sagt, was es nicht hören will. Wie erschrak aber der Meister, als das sonderbare Geschöpf wieder aufblickte und er in den Augenhöhlen züngelnde Flammen bemerkte, welche aus glühenden Kohlen zu fahren schienen. Die Frau jedoch ahnte seine Bestürzung.

„Hab keine Angst vor mir, ich kann dir nichts antun, außer dir Furcht einzuflößen und selbst die ist unnötig; denn ich bin sehr elend und mich umfängt seit meinem Tode die größte Pein."

Trotz seines manchmal etwas ruppigen Benehmens war Meister Georg ein sehr herzlicher und freundlicher Mann, der Mitleid mit der geplagten Kreatur empfand. Er hatte sogar Verständnis dafür, wenn neue Geigen noch nicht so herausragend klangen, weil das Holz sich immer noch als Teil eines Baumes fühlte, der in der Natur ganz anderen Schwingungen und Tönen ausgesetzt war.

Für den Augenblick schienen Plan und Skizze zur neuen Geige vergessen, den Meister ergriff Ungeduld. Was dem neuen Instrument fehlte, nämlich die Geschichte, bot sich ihm auf einmal unvermutet dar. Diese Seele hatte etwas zu berichten, was interessant zu werden versprach.

„Nun, erzähl', erzähle!" drängte der Meister und wollte die Papiere zur Seite schieben, allein, die Frau hinderte ihn daran mit einer Geste ihrer Hand.

„Laß sie ruhig liegen. Diese Aufzeichnungen sind wichtig, sie könnten helfen, mich von meiner Qual zu befreien... Zunächst, wer ich bin? Wenn du schon nach einem Namen für mich suchst, dann nenne mich Julia. Vor vielen, vielen Jahren lebte ich zwei Straßen von deiner Werkstatt entfernt; ich blühte als unscheinbares Pflänzchen, weder besonders schön noch besonders klug. Meine Mutter, eine Konsulen-witwe, trichterte mir früh schon ein, daß ich bereit sein solle, wenn eine gute Partie für mich in Aussicht stünde. Du schüttelst den Kopf, Meister Georg, aber solch ein Vorgehen war zu der Zeit in unseren Kreisen ganz üblich. Vielleicht wirst du es nicht glauben: Ich war nicht unglücklich; denn ich sonnte mich in dem Glück, künftig die Gattin eines braven Amtsrates oder Registrators zu sein. Ach, bald würden alle mir nachschauen und sagen: „Wie hübsch doch die Beamtengattin mit dem köstlichen Geschmeide von Perlen ist, das ihr der Herr Gemahl unlängst verehrt hat! Wie groß muß diese Liebe sein, daß er ihr solche Pretiosen schenkt!"

Allein die Mutter – durch meine derartigen Vorstellungen ermutigt – war darum besorgt, mich in eine bessere Gesellschaft zu bringen und mir die dafür förderlichen Fertigkeiten vermitteln zu lassen. Von meinem zwölften Jahr an kamen täglich irgendwelche Leute ins Haus, die mich in Konversation, im Tanz, aber auch in geringem Maße in den Wissenschaften unterrichteten."

Meister Kastl lauschte aufmerksam und dachte bei sich, warum nicht? Die Burschen werden Lehrer, Arzt, Beamter oder Pfarrer und die Mädel heiraten dann einen Lehrer, Arzt oder Beamten. Da bleibt man unter sich. Heutzutage ist natürlich alles anders. Aber tempora mutantur, klaubte er sein bißchen Latein zusammen. Oder hieß es nicht etwa: o tempora, o mores!

„Ja, Meister, die Zeiten ändern sich. Früher war es eben so. Und es wäre auch alles gut oder wenigstens nicht so arg geworden, wenn nicht dieser... dieser..."

Bei solchen Worten schlug sich das blasse Mädchen die fahlen Hände vor den blutleeren Mund. Aus ihren Augenhöhlen züngelten wirre Flammen. Den Meister überlief es heiß und kalt.

„Julia, bitte sag mir, was geschehen ist!"

Dunkel erinnerte sich Georg an eine Geschichte, in der jemand für ziemlich viel Verdruß gesorgt hatte,[4] weil er einen anderen nicht nach der Ursache seines Leidens gefragt hat. Und daß dieses seltsame Wesen vor ihm litt, war augenscheinlich, also fragte er geradeheraus.

„Julia...bitte...“

„Meine Mutter bestellte auch einen Gesangslehrer für mich. Er hatte einen recht sperrigen Namen... wie war der noch einmal? Genau, Ernst Theodor Amadeus Hoffmann[5], ja so hieß er. Wie entsetzte ich mich, als er zum ersten Mal ins Zimmer trat, sich des Flügels bemeisterte und eine Flut von Melodien und Akkorden vor mir ausbreitete, wie wenn jemand seine Truhe aufklappte, mit vollen Händen hineingriffe und den gesamten Inhalt auf die Straße gösse. Dieses kleine Männlein, der Hoffmann, das Hoffmännlein, wie ich ihn immer nannte, das es verstand, seinen Mantel und seinen Umhang so theatralisch abzustreifen, als sei es eben von den Brettern der Bühne herabgesprungen, dieser Wicht von einem Mann mit seinen glühenden, moorgrünen Augen und den wirren schwarzen Locken, die ihm immer in die Stirn hingen, dieser ordinäre Kerl mit

---

[4] Eine Reminiszenz an den Ritter Parzival.
[5] E.T.A. Hoffmann, deutscher Schriftsteller, Komponist und Zeichner, 1776 - 1822.

dem zusammengekniffenen Mund und der spitzen Nase...ja, der brachte mein schön vorgefertigtes Leben durcheinander."

„Oh", hakte Meister Georg etwas launig ein, „etwa so ein Durcheinanderbringer...ein Diabolus?"

„Ich weiß nicht, die Leute hielten ihn für einen, doch nach all dem, was ich erdulden und leiden mußte, will ich ihn einen Angelus nennen, denn der Teufel pflegt mitunter auch in recht konvenabler Gestalt zu erscheinen. Warum sollte ein guter Geist nicht unansehnlich sein, um das Herz der Menschen zu prüfen?"

Das leuchtete Meister Georg ein. Er sah es ja bei den Geigen. Diejenigen Instrumente, welche für einen Wettbewerb gebaut wurden, klangen seltsam hohl und wesenlos, wenngleich sie makellos waren. Natürlich lag er mit seinen Werken bei derartigen Veranstaltungen nie im vorderen Feld, aber das war ihm gleichviel; er hatte andere Vorstellungen von Perfektion. Das wettbewerbsmäßig Perfekte ist nicht das Wahre, weil es einzig zu dem Zweck gebaut wurde, der Konkurrenz überlegen zu sein. Wo blieb da die Seele, wo diese Art von Schönheit, die auf keinen Vergleich angewiesen ist?

„Die Wahrheit, lieber Georg", erriet Julia zu des Meisters Entsetzen seine Gedanken, „liegt eben nicht im äußerlich Perfekten. Nun, dieser Mensch, der Hoffmann gab mir Gesangstunden und es war mir, als blickte er mir an den Grund der Seele. Mein Herz lag in meinem Singen vor ihm wie ein offenes Buch, dessen Blätter mit jedem Tone beschrieben wurden, von mir und … vom Lehrer! Eines Tages nämlich sangen wir ein Duett, das er komponiert hatte. Mit dem ersten Klang lag mein „Buch" wie zur Einsicht da, er blätterte darin und mitten im Gesange glaubte ich, daß er mich fragte: Was heißt Lieben? Singend zuckte ich die Schultern: Was wird es schon heißen? Plötzlich lachte der seltsame Mann grotesk und bitter auf. Er wandte sich mir zu und blickte mir in die Augen, so geradewegs, daß mir beinahe das Notenblatt entgleiten wollte. In diesem Moment lösten sich unter seinen Händen Ströme von Tönen, ohne Maß, so wie ich es bei unserer ersten Begegnung erlebt hatte. Sein ganzes musikalisches Hab und Gut schüttete er vor mir aus, dann ergriff er die Feder seines Gesanges und schrieb in das „Buch": *Zu lieben heißt alles geben.*"

Dem Meister stiegen bei dieser Erzählung Tränen in die Augen. Ja, das ist die Liebe: alles zu geben. Doch wer kann das schon von sich behaupten, alles gegeben zu haben? Im Ende sind die Menschen Egoisten und wenn es um ihr Herz geht, tauschen sie es ja doch nur um ein anderes ein und schenken es nicht her. Unbestreitbar hat dieser Hoffmann seine Julia geliebt, aber nie ein einziges Wort gesagt.

„Dieser Mensch Hoffmann wußte, daß er nie den geringsten Anspruch auf mich erheben konnte und dennoch liebte er mich", sinnierte Julia, „er schenkte mir sein Herz – und ich habe es ihm zerbrochen. Aus purer Lust, jemandem Schmerz zuzufügen, verkündete ich freudestrahlend, daß meine Mutter einen Mann für mich ausgesucht habe; in Wahrheit konnte ich den alten, lüsternen Haderlumpen von Kaufmann und Betriebswirt nicht ausstehen, aber er war mir nur recht, um den Gesangslehrer ordentlich vor den Kopf zu stoßen. Dieser jedoch gebärdete sich seit diesem Zeitpunkt immer toller und brachte seine manchmal sehr makabren Späße dahin, daß meine Mutter ihm das Haus verbot. Jetzt erst verstehe ich all das, was damals geschah. Der Lehrer wollte mich warnen, mehr noch, er schenkte sich hin, um mir noch wenige Augenblicke meines Mädchenlebens in einem milden und freudigen Glanz erblühen zu lassen. Ich wies ihn schroff zurück und mußte in meiner Ehe mit dem Kaufmann die Hölle auf Erden erleben. Nach zehn Jahren der Beleidigungen, der Schmach und der Mißhandlungen wurde die Ehe geschieden und ich kehrte ins Elternhaus zurück, wo ich ein Leben der inneren Kälte führte. Mein Cousin übermittelte mir noch einmal Grüße des ehemaligen Lehrers Hoffmann, doch ich nahm sie kaum zur Kenntnis. In Allem sparte ich aus Bequemlichkeit und Angst. Niemandem habe ich etwas gestohlen, aber ich habe auch nichts verschenkt. Redlich und anständig lebte ich gemäß meinem Stand. Auch um die Ewigkeit war mir nicht bange. Ich Törichte glaubte, gleich nach meinem irdischen Leben in die Seligkeit eintreten zu können, doch was geschah?"

Kein Wort hätte sie über ihre Qual verlieren müssen, weil Meister Georg ihr alles ansah. So ist es, dachte er, wenn einen der bittere Hohn des mißverstandenen Lebens peinigt; die Fassade der Perfektion bricht ein und was bleibt? Ein Nichts.

„Die Schmach vergeudeter Jugend hat mein Wesen im Innersten aufs Grausamste zerstört und ich habe nichts begriffen, als ich noch das Los, das mir nun zuteil ist, hätte abwenden können. Ein wenig an uneigennütziger Liebe! Ein Funken von Güte und Freundlichkeit, wie würde mir das nun helfen! Ich bin ruhelos und muß immer wieder an den Ort zurückkehren, wo mir diese glühende Liebe begegnete und ich sie kalt verachtete. Alle Seufzer und Tränen, die jenem unglücklichen Menschen um meinetwillen zuteil warden, leide ich doppelt, seine Raserei umtobt mich. Mein Herz verwandelte sich in einen verderblichen Feuersturm, und es ist zu eng, diese Qualen zu dulden.

Gott aber hat mich in seiner Barmherzigkeit einsehen lassen, warum mich dieses schreckliche Fegefeuer reinigen soll. Was ein Mensch sündigt, kränkt Gott nicht so sehr, da es vergeben werden kann. Was jedoch ein Mensch nicht geliebt hat, ist auf Erden unverzeihlich."

Die Tränen des Mädchens brannten sich in die Tischplatte des Meister Geigenbauers. Von einer inneren Anteilnahme ergriffen, tastete er nach ihrer Hand, allein, er fand nur eisige Glut. Was will sie von mir, grübelte der Meister, freilich kenne ich nun ihr Geschick, aber sie wird mir nicht grundlos erschienen sein. Ständig schaut sie auf die Skizze zu der Guadagnini-Geige...

Und wirklich wandte die blasse Frau keinen Blick von dem Papier, während sie aufs Neue anhob: „Die Barmherzigkeit des Herrn will ich in Ewigkeit singen, ich habe keine andere Wahl, als ihn zu preisen, der mich vor dem ewigen Tod rettete, weil sein Lieben größer ist als all unser Versagen. Ich will ihm singen, und Gott hat mir erlaubt, dich zu bitten, dein nächstes Instrument für mich zu bauen. Schließe mein Leben darin ein, dann wird meine

Stimme, die meinem Lehrer Hoffmann bis zu seinem letzten Augenblick nachgeklungen ist, wieder singen. Willst du das für mich tun, Georg?"

Plötzlich begriff der Meister, daß Julia ihm die Schmerzen und Wunden eines vergeblichen Lebens entgegenhielt. Tiefe Rührung umfing seine Seele, als er die stumm dasitzende Frau betrachtete, die ihre ganze Hoffnung auf sein Können setzte.

„Ja du liebe arme Seele, ich verspreche es dir um Christi Willen: Deine Stimme wird wieder klingen und in den schönsten Weisen jubeln, bis sie einst im Chor der seligen Geister das nimmer endende Loblied singen wird...Ach, ich kenne nur eine Musik, die auf Erden schon diese Herrlichkeiten andeutet. Es ist ein Lied voller Hingabe. Über einem ruhig dahinschreitenden Baß[6] erheben drei Violinen eine nach der anderen ihre mädchenreinen Stimmen und es gibt nichts, was sie trennen könnte. Eine Liebe für die Ewigkeit."

---

[6] Dieses Stück" - der Kanon von Johannes Pachelbel. Von dieser Musik wird im Folgenden auch noch die Rede sein.

2

Sooft Meister Georg an der Guadagnini baute, bekam er Besuch von der blassen Frau.

Schließlich kam der Abend der Fertigstellung und Georg legte das Geiglein, das im Vergleich mit anderen gleichartigen Instrumenten unglaublich zart und klein erschien, auf den Tisch zwischen sich und Julia.

„Fast zu perfekt", meinte er nachdenklich und dachte an Julias Leben. Er glaubte, während er die Violine zusammenfügte, es bildlich an sich vorüberziehen zu sehen. Vor allem die Gestalt des Gesangslehrers war ihm gegenwärtig. Das war wirklich ein komischer Kauz! Und doch: wieviel Seele wohnte in seinen durchdringenden, moorgrünen Augen...und wieviel Schmerz!

Julia drängte sich heran und flüsterte: „Du weißt, ich muß seinen Schmerz tragen, nun sag mir, wann du bei einem Menschen eine Pein gesehen hast, die der meinen gleicht?"

Sinnend nahm der Meister sein Instrument in den Arm und lehnte sich in seinem Sessel zurück. Längst hatte er sich daran gewöhnt, daß diese Frau seine Gedanken lesen konnte. Manchesmal war er sich nicht einmal sicher, ob er etwas sagte, was sie erwähnte, oder ob sie gar in seinen Gedanken dachte.

Auf einmal lächelte Julia unschuldig wie in den Tagen ihrer Jugend, als sie sah, wie Meister Georg die Augen schloß. Vorsichtig beugte sie sich herab und berührte mit ihren Lippen die Stirne des Meisters.

Weißt du noch, damals? Vor zwölf Jahren war es. Du hast begonnen, in Hallein bei einem Meister zu lernen. Obwohl es dein Geburtstag war, hast du gerne eine Besorgung für die Frau deines Meisters übernommen. Sie schickte dich zum Spital, um ihrer Freundin ein Geschenk und die besten Wünsche zur Geburt ihres Sohnes zu überbringen. Diese Maitage waren erfüllt von Schwüle und die Sonne brannte unbarmherzig auf Mensch und Tier. Die Wiesen waren versengt, die Auen der Salzach verdorrt und das Vieh auf den kargen Weiden brüllte nach Wasser, doch der Fluß glich nur mehr einem Rinnsal. An einem dieser Tage also saßest du im langen Korridor des Spitals, da ließ sich eine Frau von vielleicht dreißig Jahren neben dir nieder. Sie sollte ihr erstes Kind zur Welt bringen, sagte ihr Mann, der ihr unablässig den Schweiß von der Stirne rieb. Ständig seufzte das arme Weib nach Wasser und mit stockenden Worten faselte sie etwas von einem Feuerbrand, den sie an Kindes statt gebären würde, von einem Sohn der Hölle, der ihr diese Qualen verursachte. Gewiß redete die Unglückliche im Irrsinn ihrer Wehenschmerzen, und bestimmt hat sie nach der Geburt das Kleine voll Freude in die Arme geschlossen...doch dich verfolgte seitdem der Blick aus den Augen der Frau. In ihm spiegelte sich der Abgrund ewiger Qual. Meinst du, das Kind, das damals geboren wurde, wird es besser machen als ich? Jetzt dürfte es so alt sein wie ich war, ehe ich mich von gewinnsüchtigen Aussichten verblenden ließ. Denkst du, es liebt, ohne jemals Gegenliebe einzufordern? Hat es diese Entscheidung getroffen, sich im Leben aus Liebe verzehren zu lassen? Dann gleicht seine Seele bereits jetzt einer Geige; denn sie ist es, die sich ausliefert und darauf angewiesen ist, daß man lieb zu ihr ist und sanft auf ihr spielt. Sie hat keine andere Wahl als sich hinzugeben, ihr ganzes Wesen ist Hingabe. Und dieses Wesen werde ich nun annehmen. Mich selbst vergessend will ich die höchste Freude und das tiefste Leid des Geigenspielers tragen. Im Glücke wird er nicht an mich denken, aber im Leide, wenn er zu zerbrechen droht und ihm niemand beisteht, will ich ihm Trost spenden. Seine Tränen werden auf meinem Körper zerfließen und ihre Spuren hinterlassen, sie werden mich verunstalten und den Wert deiner Arbeit, Meister, mindern. Alles Leid wird sich ins Schöne verwandeln,

du wirst es sehen. Oh, dieses Lied, von dem du einmal sprachst, es singt bereits jetzt in meiner Seele,
es nimmt mich ganz gefangen, weil es sich in drei-
facher Weise so selbstlos verströmt und dadurch so
unendlich reich wird. Und ich will es singen, ich
werde alles geben, da ich keine andere Wahl habe
als die Liebe."

Augenblicklich erwachte der Meister aus seiner Be-
nommenheit und betrachtete das Geiglein, das er
im Arm gehalten hatte, während er eingeschlum-
mert war. Am liebsten würde ich es selbst ein Leben
lang spielen, dachte er, während er seine geigen-
bauerliche Visitenkarte „Kastl 93" vorsichtig inter
dem f-Loch der Geige anbrachte, doch ich werde sie
hergeben müssen, morgen soll sie dem Konzertmeister eines Sinfonieorchesters gehören. Leb wohl,
du zarte, tapfere Julia.

3

Zur selben Zeit ließ sich ein kleines Mädchen, Laura, aus lauter Liebe in die Musik hineinfallen. Die Welt stand in Blüte und der Name dessen, durch den dem Kind die frohe Jahreszeit noch schöner erschien, war ein Echo jenes Blühens.

„Florian!" jubelte das Mädchen, welches für heute ein rotseidenes Hemd aus dem Schranke der Mutter stibitzt hatte, in den hellsten Tönen über den Schulhof, als sie den Lieben unter dem zarten Duft eines Apfelbaumes sitzen sah. In kindlicher Unbefangenheit rannte das kleine Geschöpf los und kam ganz außer Atem bei der Bank an, auf der sich der verwegen dreinblickende Bursche breitgemacht hatte und sich mit der Hand durchs wirre Lockenhaar fuhr. Kaum war das ungestüme Mädchen bei ihm, indem es sich an seiner Seite zusammenkauerte, streifte er ihr vorsichtig eine dunkle Strähne aus dem Gesicht, um in ihre moorgrünen Augen blicken zu können.

„Komm, du kleine Mignon", begrüßte er sie, „du frecher Puck, sorella mia, diavolina cara, Lauretta dolcissima!⁷ Was ist's? Freust du dich auf das Konzert heute Abend, Laura?"

Natürlich war es Florian klar, daß er auf die Schwärmerei des sechs Jahre jüngeren Mädchens nicht weiter eingehen würde, doch er genoß es schon sehr, was für eine Wirkung sein übermütiges, betont jungenhaftes Gehabe auf das kleine Ding hatte.

„Wirst du heute etwa spielen?" fragte Laura neugierig aufgeregt, „Ihr übt ja schon die ganze Zeit zu dritt dieses Stück und beklagt euch immer, weil der Cellist nie da ist; am liebsten würde ich Cello lernen, um da mitspielen zu können..."

Doch im gleichen Moment seufzte das Mädchen betrübt und wandte den Blick ab. Eine leise Traurigkeit hatte sich in ihre Augen geschlichen und nistete sich dort ein. Freilich wußte sie, daß ihre Freundschaft zu dem großen Mitschüler unmöglich war, nie würde sie an der Hand dieses jungen Herrn durch die wunderbaren Gärten und die blühenden Auen der fernen Heimatstadt Hallein wandern. Solches war den echten Liebespaaren vorbehalten, doch was hieß schon echt? Für Florian empfand sie

---

⁷ Italienisch für: Mein Schwesterchen, liebe Teufeline, süßeste kleine Laura".

etwas anderes als die oberflächliche Schwärmerei, welche sie von ihren Schulkameraden kannte und die sie ablehnte, weil dieses lose Getändel mit Liebe eigentlich nichts zu tun hatte. Liebe, dachte sie, Liebe ist anders. Wer liebt, erkennt, daß die Seele des Geliebten aus demselben Holz geschnitzt ist wie die eigene. Bedarf es denn wirklich einer Umarmung, eines Kusses, um diese geheimnisvolle Verbindung auszudrücken? All das kam für das Mädchen nicht in Frage, nie würde sie es wagen, den So-Geliebten je um derartiges zu bitten, daher blieb der Kleinen nur ein einziger Weg, der kaum möglich schien. Freundlich wandte sie sich dem Jünglinge wieder zu und lächelte scheu, als ihre Augen den seinigen begegneten.

„Ich würde so gerne mit dir zusammen etwas singen, nur ist meine Stimme so schlicht, daß es bestimmt nicht schön klingt." bedauerte sie.

Florian lachte in seiner lieben Art und tröstete das Mädchen: „Das macht ja nichts! Beim Konzert heute werde ich mit meiner Geige auch das Nachsehen haben, was die Lautstärke betrifft, da werden mich die anderen zwei übertönen. Es liegt an dem Instrument, das ich mir von meinem Onkel geliehen habe, der ja Konzertmeister bei den Symphonikern ist. Er sagte, die Geige sei noch zu neu, zu jung. Zu schüchtern."

„Vielleicht", warf das Mädchen ein, indem es ihre purpurfarbene Seidenbluse zurechtzupfte, „vielleicht muß sie aber auch erst singen lernen... – Du, es hat geläutet, die Pause ist vorbei, wir haben jetzt Deutsch, da soll jeder sein Lieblingsfrühlingsgedicht vortragen. Meines wird wahrscheinlich wieder keiner verstehen, war ja beim Herbstgedicht von Rilke genau so, nun ja. Bis heute Abend! Ich freu mich doch schon so!"

Etwas verwirrt blickte Florian dem kleinen Wirbelwind nach. Auch wenn seine Kurskollegen ihn deswegen oft schief anschauten, mochte er das Mädchen außerordentlich gern. Gewiß hatte er schon längst erkannt, wie es um sie stand, immer wenn sie mit ihrer zarten Anhänglichkeit kaum von seiner Seite wich.

Was kann ich schon für sie tun, fragte sich der junge Herr, indem er seinen Platz unter dem Apfelbaum verließ und in einem Musikraum der Schule die Geige seines Onkels aus dem Kasten nahm, um das Stück für das Konzert noch einmal durchzuspielen. Es war ein unglaublich fein und zart gestaltetes Instrument mit der Stimme eines Mädchens.... Laura, ja, Lauras Stimme klang vielleicht so ähnlich.

Bald rumpelten seine zwei Kurskollegen ins Zimmer und richteten alles für die Probe her.

„Na", spottete ein Blondschopf, „wie steht's mit deinem fränkischen Wimmerholz?"

„Streichholzschachtel", murmelte der andere halblaut.

Langsam hatte Florian es über, sich ständig rechtfertigen zu müssen und entgegnete barsch: „Das ist keine Schachtel, sondern eine Kastl! Es ist eine Kastl, Baujahr '93! Und außerdem, was weißt denn du schon? Wirst sehen, heute Abend wird sie alles geben!"

4

Die Jahre vergingen, Sommer wechselten die immer prächtiger grünenden Frühlinge ab, Herbsttage ließen Früchte reifen und der Schnee des Winters schützte die Erde vor dem Frost, ehe die freundliche Wärme eines milderen Windes erneut die zarten Pflänzchen ans Licht lockte.

Am heutigen Sophientage tauchte der Herr über Zeit und Ewigkeit die schönste aller fränkischen Städte in kräftige Farben; scharf zeichneten sich die Konturen des Domes und der Residenz gegen den wolkenlosen Himmel ab. Es war ein volltönendes Blau, das alles umfing, ein lyrisches Blau, zuversichtlich und hoffnungsfroh; denn über Bamberg dehnen sich auch Tage, die in manch einem Künstler den Keim eines Werkes zum Wachsen bringen und eine günstige Witterung auch für diese Saat versprechen.

Meister Georg bewohnte noch immer seinen Laden und war gerade dabei, eine genaue Kopie jener Geige anzufertigen, die er damals baute, als ihm Nacht für Nacht die bleiche Frau erschien. Er hatte ihre ganze Seele eingefangen mit all ihrer ursprünglichen Mädchenreinheit und er verkaufte sie schweren Herzens.

Oft dachte der Meister an das Instrument und fragte sich, wie sich der Klang wohl entwickelt haben mochte und immer war er besorgt, wie es um die Kleine stünde.

Seine Bedenken waren nicht grundlos: Nach zehn Jahren kam jener Konzertmeister wieder vorbei und brachte dem Meister die Geige zurück.

Was war der Kleinen alles widerfahren!

Zunächst bemängelte der Profimusiker, der sie kaufte, ihren schüchternen Klang, doch er war fest davon überzeugt, noch mehr aus ihr herausholen zu können.

Als Georg damals den Kasten öffnete, entfuhr ihm ein leiser Schrei. Beinahe erkannte er sein Werk nicht wieder: Überall klafften Kratzer und Furchen in der einstmals makellosen Decke, der Boden erzählte beinahe unter Tränen, wie lieblos der Profigeiger sein Instrument auf den Tisch geworfen hatte, und die Narben in der Zarge zeigten dem Meister die grobe Spielweise des Berufsmusikers, als er versuchte, sie möglichst laut klingen zu lassen.

Was blieb Meister Georg anderes über? Er wusch den Lack ab und ließ die Schrammen dennoch auf dem Körper der Geige; nun erzählte sie eine Geschichte, wenngleich diese sehr schlimm war. Was andere Instrumente in zweihundert Jahren erlebten, mußte dieses kleine Geiglein in einem Jahrzehnt erfahren. Ja, sie hat sich wirklich hingegeben und ausgeliefert, demütig und fromm. Immer sang sie ihre zarte Mädchenstimme, die natürlich nichts für einen Profi ist, dachte der Meister bitter, eine Geige kann nicht mehr geben als sie vermag, fordert man mehr, nutzt man sie aus, man vergewaltigt sie schlicht und einfach. Diese feingliedrige Violine gehört in die Hände eines Dilettanten, der die Eigenheiten des Instrumentes respektiert.

Aber zunächst sollte sie eine späte Zwillingsschwester bekommen. Meister Georg saß schon über der Skizze, als auf einmal das Telefon im Laden läutete.

Der Meister streckte sich nach dem Hörer und meldete sich gutgelaunt: „Geigenschorsch!"

Da der Sophientag auch sein Ehrentag war, erwartete er den Anruf eines Bekannten, der ihm zum Geburtstag gratulieren wollte.

Zur Antwort auf diese leichtfertige Begrüßung drang ein schallendes, freches, aber sehr herzliches Lachen aus dem Apparat, so laut, daß der Meister Den Hörer entsetzt von sich weghalten mußte.

Allem Anschein nach handelte es sich bei dem Anrufer nicht um einen Bekannten, sondern um einen Kunden.

Hastig wischte sich Meister Georg mit der Hand über die Stirn und räusperte sich:

„Sie wünschen?... Ja, ich verleihe auch eigene Instrumente...Violine, naja, Sie hören sich aber eher nach Baß an... ah, haben Sie schon? Wußte ich nicht. Also eine ganze Geige...also hören Sie, ich mache keine halben Sachen! Auch meine halben Geigen sind ganze Instrumente... schon klar, die Burschen wollen immer etwas... wie bitte? Lieber ungewöhnlich, ein ungewöhnliches Instrument?"

Meister Georg legte den Stift aus der Hand und ließ seinen Blick umherschweifen. Keines seiner Instrumente war gewöhnlich, alle zeichnete eine gewisse Aufmüpfigkeit aus, eine Art optische Sturheit, die beinahe ins Groteske reichte. Völlig unterschiedliche Formelemente verbanden sich in seinen Geigen: Das alte Modell mit den schmutzgefüllten Schrammen und der beinahe goldengelbe Lack, der zur

Mitte des Instruments hin ins Orange überzugehen schien. Gewöhnlich ist wahrhaft anders.

Alle Geigen hatten etwas von Julias Wesen seit er sie wieder zurückerhalten hatte, doch diese, an der er gerade saß, sollte ihr genaues Ebenbild werden. So sagte er es auch seiner Kundschaft am Telefon.

„Nun, ich hätte da noch eine, die ich im Moment nicht hergeben kann, weil ich ihr eine Schwester baue..."

Am anderen Ende der Leitung wurden Ausrufe erfreuten Staunens und der Begeisterung laut und Meister Georgs Wangen erglühten im Eifer.

„Gut", sagte er, „wenn es nicht so sehr eilt, werden Sie zum Jahresende beide Geigen erhalten...ein seltsames Schwesternpaar...aber wie ich ihren Worten entnehme, werden sie in den richtigen Händen sein. Als Künstler hängt man ein wenig an seinen Werken...Gut, Sie melden sich bei mir, wenn es akut wird... Ich verspreche Ihnen, daß der Gesang dieser Violine zu jedem Herzen einen Weg bahnt... Ja, das weiß ich, wissen Sie, sie wurde dafür geschaffen, zu lieben und zu singen und wenn Ihr Sohn ... achso, naja, wenn er Kummer haben sollte, wird sie ganz gewiß für ihn da sein...Ja, bis bald!"

Kaum war das Gespräch beendet, setzte er die Geige an sein Kinn und begann das Lied zu spielen, das ihm Zeugnis von der Freude des Himmels gab, es war ein selbstloses Sich-Verströmen. Wer sich im Augenblick der Ewigkeit ausliefert, den birgt eine größere Liebe...

„Es ist wunderschön", seufzte plötzlich eine zarte Stimme neben dem Meister.

Da die Ladentür offen war, hatte er nicht bemerkt, wie eine junge schwarzlockige Frau angetan mit einem rotseidenen Hemd und einem dunklen Rock sein Geschäft betrat und die Geigen betrachtete, noch während er telefonierte. Ihre Gegenwart bestürzte ihn nicht, ja, sie war ihm sogar angenehm. Über sein Spiel hinweg musterte er sie verstohlen aus den Augenwinkeln, wie sie so träumend vor ihm stand.

Schön ist sie im allgemeinen Sinne nicht, dachte der Meister weiterhin spielend, schön wenigstens nicht auf den ersten Blick, aber sie hat etwas, das mehr fesselt als Schönheit... Mein Gott, was die für Narben im Gesicht hat, ich dachte immer, Studentinnen duellieren sich nicht...aber diese Schmisse verleihen ihr etwas Verwegenes ... und dennoch lächelt auf ihrem Antlitz ein ewiges Mädchentum, das ihn

ganz milde stimmte, weil es ihn an seine vielge-
schundene, arme Julia erinnerte, die soeben wieder
sein Haus verlassen sollte.

Und doch ist sie wunderschön, in meinem Sinne
perfekt, wie das kleine Geiglein. Womit habe ich
das an meinem Geburtstage verdient? fragte sich
Kastl.

Sorgsam betrachtete die Frau die Violine, auf welcher der Meister spielte und sie erkundigte sich
plötzlich: „Wie alt ist sie?"

„Sie dürfte achtzehn Jahre alt sein", erwiderte der
Meister. Die Frau, dieses Mädchen, tat von freudi-
gem Entsetzen ergriffen einen Sprung auf Meister
Georg zu und schlug die Hände ineinander.

„Wirklich wahr? Oh, damals, vor achtzehn Jahren
hörte ich genau das Lied, welches Sie soeben spiel-
ten, zum ersten Male... mein Mitschüler Florian
spielte es mit zwei anderen zusammen. So muß der
Friede klingen, der Friede in Gott, wissen Sie, der
ewige Friede! Dieses Echo dreier Stimmen über
dem Basso ostinato... Sehen Sie, oben im Dom gibt
es einen Pfeiler, aus dem zum Bogen des Gewölbes
hin drei Gestalten wachsen: Vater, Sohn und heili-
ger Geist. Und diese drei sind Eins... Sagen Sie, ist
das nicht ein phantastischer Zufall?"

Da nahm der Meister seine Geige in den Arm und zupfte sanft über ihre Saiten und lachte nach seiner gutmütigen Weise.

„Vielleicht gibt es keine Zufälle."

In dem Moment klopfte es.

„Ja, Laura! Jetzt bist du noch immer bei dem Geigenbauer! Komm, wir wollen ja nicht ewig da verweilen!"

Der Meister und die Frau schauten zum Eingang, wo eine ältere Dame mit kurzen graubraunen Haaren erschien. Ihre durchdringenden, blauen Augen fielen sofort auf die junge Frau.

Offensichtlich ihre Mutter, dachte Meister Georg, und in der Tat entschuldigte sich Laura bei der älteren: „Ich weiß, Mama, ich muß wieder einmal die Zeit übersehen haben."

„Die Zeit übersehen? So geht das schon ihr ganzes Leben", wandte sich die Mutter nach Bestätigung suchend an den Meister, der unbestimmt die Schultern zuckte und Laura zulächelte, derweil die Mutter sich weiterhin scherzhaft beklagte, „Immer und immer zu spät! Ein Wunder, daß du rechtzeitig auf die Welt gekommen bist, denn das hätte ich wahrhaft nicht länger ausgehalten."

„Ach, ich dachte, einmal pünktlich sein reicht!" lachte die junge Frau Laura.

Donnerwetter, wunderte sich Georg, das ist ja eine Seele von Mensch, die quittiert eine ziemliche Gemeinheit mit freundlichem Spott. Gerne hätte er sich noch länger mit Laura unterhalten, doch die übereifrige Mutter drängte ihre Tochter aus dem Raum.

„Nun komm, ich wollte dich zum Geburtstag in ein Lokal einladen!"

„...Ich könnte das „Hoffmanns"[8] zwei Straßen von hier empfehlen", schaltete sich der Meister ein, „aber jetzt wüßte ich zum Schluß schon noch gern, wer von den beiden Damen heute Geburtstag hat."

Die Mutter stieß Laura aufmunternd in die Seite und nickte ihr kurz zu, worauf die junge Frau Laura flüsterte: „Ich, Meister. Heute bin ich dreißig Jahre alt geworden, genau so alt wie die Eichstätter Domorgel. Lustig, gell, wenn man ein Instrument zum Altersgenossen hat? ... Also, „Hoffmanns" sagten

---

[8] Tatsächliches Lokal in Bamberg, nähe Schillerplatz.

Sie, da gehen wir hin, da gibt es bestimmt einen ordentlichen Punsch ... Ja, der Dichter E.T.A. Hoffmann wohnte hier ganz in der Nähe und seine Gesangsschülerin ebenso. Das war eine traurige Angelegenheit, sage ich Ihnen. Es gibt keinen schlimmeren Frevel, als engelsrein zu singen, aber nicht zu lieben, und dennoch ist es für einen Dichter die größte Gnade, nicht geliebt zu werden. Klingt seltsam, gell? Aber um die Liebe des Künstlers ist es eine verrückte Sache, das können Sie mir wirklich glauben! Nun ja, leben Sie wohl ... oder ... auf Wiedersehen!"

Und fort waren die beiden Damen.

Etwas war dem Meister an Lauras Mutter vertraut vorgekommen, vielleicht war es ihre Art zu reden, die ihn an den Dialekt seines ersten Lehrherrn in Hallein erinnerte. Und auch Laura selbst hatte bei ihm einen seltsamen Eindruck hinterlassen. Wie selbstverständlich sie von diesem stadtbekannten Dichter sprach! So, als würde sie ihn persönlich kennen und das Schicksal eines verliebten, aber ungeliebten Künstlers teilen.

Plötzlich durchzuckte den Meister die Ahnung eines Zusammenhanges. Wie vom Donner gerührt murmelte er aufgeregt: „Julia!"

Nichts in der Welt geschieht, ohne daß Gott es so gefügt hat.

5

Einige Monate später mußte sich die Lehrerin Laura herausfordernde Fragen seitens einiger Schüler gefallen lassen. Laura war nicht putzsüchtig, doch sie machte sich stets sorgfältig für ihre Schüler zurecht. Heute trug sie einen schwarzen Rock und ein Hemd von burgunderroter Seide.

Ein besonders vorwitziger Kerl meldete sich in der Stunde mit Nachdruck und richtete seine Augen direkt auf die Lehrerin.

Wenn ich sie geradewegs anschaue, dachte er, muß sie mich einfach bemerken, da führt gar kein Weg daran vorbei, obwohl sie sich sonst immer mit den unverschämten Rabauken da hinten beschäftigt. Bin ich etwa zu brav? überlegte der Schüler und begann mit den Fingern zu schnippen. Nein, tadelte er sich im selben Moment, das regt sie vermutlich auf, ich will sie nur ganz bestimmt anblicken, dann nimmt sie mich dran, gestern hat es auch so geklappt, der Nachteil war nur, daß sie zurückgeschaut hat und ich wirklich nicht mehr wußte, was ich sagen wollte...

„Was ist's, mein Sohn?" rief die Lehrerin Laura schließlich den hartnäckigen Schüler auf und sofort murmelte ein anderer Bub seinem Banknachbarn zu: „Hast du gehört, sie hat ihn soeben Sohn genannt!"

Dieser Kommentar ließ den wissensdurstigen Schüler auf der Stelle erröten und hoffnungslos in Verlegenheit geraten. Nun war er endlich an der Reihe, doch wie um alles in der Welt lautete nur seine Frage? Jeder konnte ihm ansehen, wie er versuchte, sich gedanklich zu organisieren, indem er mit seinen Augen angestrengt die Tischplatte fixierte.

„Äh, also, Moment...ja. Dieser Dichter E.T.A. Hoffmann, von dem Sie gerade sprachen... ich hab in seiner Biographie gelesen, er habe sich als Erwachsener in ein junges Mädchen verliebt. Sowas geht doch nicht! Das ist doch vollkommen abwegig!" ereiferte sich der Schüler, nachdem er wieder die Herrschaft über sich errungen hatte.

Das ist aber lustig, dachte Lehrerin Laura bei sich, besser hätte ich das einst auch nicht vorbringen können. Jetzt weiß ich auch, daß vor allem jene zum Lehrer berufen sind, die sich bereits als Schüler gerne und weit aus dem Fenster lehnen oder in einer vorlauten Weise wißbegierig sind. Bei dem etwas verwirrten Kerl mit den vielen Fragen standen die Zeichen besonders gut.

„Deine Überzeugung," begann die Lehrerin, „das moralisch Zweifelhafte entschieden abzulehnen ehrt dich, aber vergiß nicht, besonnen zu bleiben, was das Urteil angeht. Wer sich Gedanken über das Lieben anderer Menschen macht, sollte zuallererst Gott um die rechte Einsicht bitten. Unser Dichter erscheint dir suspekt, weil er unstandesgemäß und unschicklich liebte. Hätte Hoffmann je im Sinne gehabt, das Mädchen zur Frau zu nehmen, wären deine Bedenken angebracht. Aber wenn wir die Liebe auf dieses Verhältnis reduzieren, tun wir Gott, der ja selbst die Liebe ist, unrecht. Was ist mit der Liebe zwischen Geschwistern, wenn allen Zwistigkeiten zum Trotz einer für den anderen einsteht? Diese Beziehung kannst du dir mit Familienbanden erklären, doch anderes? Ihr müßt es mir glauben, weil ihr davon noch nichts versteht und ich überdies den Dichter ein wenig besser kenne. Hoffmann liebte das Mädchen nach der Weise eines Künstlers. Als er ihren Gesang hörte, so schreibt er einmal, glaubte er nichts Irdisches mehr zu vernehmen, ihn hielt die Ewigkeit des Himmels ruhig umfangen; so gelobte der Dichter, nie etwas in das Verhältnis treten zu lassen, was die Reinheit dieses innigsten Empfindens jemals trüben würde...Man könnte sagen, eine von Gott geliebte Liebe."

„Von Gott geliebte Liebe – klingt gut!", murmelte der Schüler. Seine Klassenkameraden waren ganz

Ohr und die Lehrerin wußte auch, warum. Wenn es um die Liebe geht, wollen sie kein Wort verpassen, das interessiert sie.

„Der Dichter," setzte Laura hinzu, „hat diesem Mädchen alles geschenkt und die schönsten Stellen seines Werkes erzählen von ihr, wenn..."

Jäh wurde die Tür des Klassenzimmers aufgerissen und ein schwarzlockiger Jüngling von achtzehn Jahren mit Namen Johannes trat forsch über die Schwelle. In einer Hand hielt er eine Geige und den Bogen, in der anderen Noten. Aus seinem Blick sprach Empörung.

„Kannst du nicht anklopfen?" tadelte die Lehrerin, „wir sind dabei, eine wichtige Frage zu klären und du brichst einfach ein!"

„Entschuldigung, aber ich muß wissen, wer schon wieder mein Notenpult hat! Es ist unglaublich: Erst klaut mir mein Bruder die Geige und behauptet, ich hätte die seine genommen, dann verschwindet auch noch das Pult! Wahrscheinlich will er's wieder nicht gewesen sein!" empörte sich Johannes.

Unwillkürlich huschte ein Lächeln über das Gesicht der Lehrerin Laura, während sie sich erhob und zur Tür ging.

„Ihr seid doch alle aus dem gleichen Holz, gebt es halt zu. Nun, dann nimm einstweilen mein Notenpult, bis das deine wieder auftaucht. Was spielt ihr da überhaupt?"

Johannes, dessen stürmischer Unmut wieder verflog, zeigte ihr das Heft.

„Oh, und du", bemerkte sie, da sie den Titel des Stückes erkannte, „übernimmst die erste Stimme? Ja? Ich finde die dritte aber am schönsten."

„Das verstehe ich nicht, es sind doch alle drei Stimmen gleich!" wunderte sich der Jüngling und betrachtete ratlos seine Geige, deren arg verkratztes Holz dennoch seidig und bernsteingelb schimmerte.

„Daß drei Eines und trotzdem verschieden sind, kennen wir ja. Doch diese dritte Stimme hält die Himmelsfreude am lebendigsten. Und nun geh zum Üben. Aber sag mal: Habt ihr denn überhaupt einen Cellisten?"

Der Jüngling Johannes schüttelte den Kopf und die Lehrerin Laura zuckte die Schultern, doch insgeheim lächelte sie wissend. Wer denn wohl Johnnys Violine entwendet haben mochte! Laura selbst hatte nämlich in der vergangenen schlaflosen Nacht einen Ausflug zu den Spinden der Schüler unternommen, um zu prüfen, ob eh alles seine Richtigkeit hatte. Sie rührte nichts an. Nur das Geiglein Johnnys, die kleine *Julia*, Kastl 93, entführte sie für ein paar Stunden, um sie auf ihrem eigenen, noch hautwarmen, purpurseidenen Hemd zu betten, das sie auch damals trug, als ihr liebster Florian mit seinen Gefährten vor vielen Jahren das gleiche Stück auf eben derselben Geige im Konzert spielte.

„So geh, Johannes", lächelte Laura dem Jüngling entgegen, „versöhne dich mit deinem Bruder. Der hat dir die Geige sicher nicht entwendet."

„Woher wissen Sie denn das?" begehrte der Schüler ungestüm auf.

„Ich weiß es, mein Lieber. Geh nun…Übt bitte brav… Ich…werde dann Cello spielen, ich muss mir nur noch ein Instrument besorgen…"

Damit wandte sie sich wieder den Kindern zu, die nach und nach still begannen, ihre Aufgaben zu dem Dichter Hoffmann zu bearbeiten.

Der schlaue Fux in der ersten Bank sah, wie die Lehrerin in ein Buch schrieb. Mit einem Mal war etwas in das Wesen der Frau getreten, das ihr eine seltsame Sanftmut verlieh. Vielleicht eine Erinnerung an irgendetwas in ihrer Kindheit, grübelte der Schüler vorne.

Nach einer Weile klappte die Lehrerin ihr Buch zu und sagte leise bei sich: „Ich muß bald wieder nach Bamberg fahren... Zu Meister Georg... ich brauch ein Cello."

Fluten der Zeit

Ein Versuch über Hölderlins Werk und Wesen.

Meinem Professor Th. P. zugeeignet

Du seiest so allein in der schönen Welt,
behauptest du immer, Geliebte!
Das weißt du aber nicht…[9]

1

Eigentlich wollte Laura nicht mitfahren, eigentlich wollte sie viel lieber an ihrer Seminararbeit für die deutsche Literaturwissenschaft weiterschreiben, deren Fertigstellung sie schon so lange aufgezögert hatte.

Nur aus Gutwilligkeit befand sie sich nun in Tübingen, wo ihr Liierter, Michael, ein Student der Betriebswirtschaftslehre, relativ feist und aus gutem Hause, sich mit ein paar Studienkollegen aus Schwaben zu einem beliebten sommerlichen Zeitvertreib am Neckarufer traf, dem Stocherkahnfahren.

Nicht nur aus Gutwilligkeit war sie hier.

An diesem Ufer war auch das Domizil ihres verehrten Dichters, das Laura unbedingt besuchen wollte, doch die Belegschaft der Freunde ihres Liierten schien nicht geneigt, ihr diese Freude zu ermöglichen.

---

[9] Friedrich Hölderlin, Aus *Wenn aus der Ferne*, 1801.

Es waren ein paar junge leichtfertige Leute und deren Begleiterinnen, die Stocherkahnfahren gingen. Ähnlich wie Venedigs Gondolieri manövrierten kundige Leute die einfachen Zillen auf dem eher gemächlich dahingleitenden Neckar mittels eines hölzernen Stakens durch die oft naturbelassenen Auen.

Gewiss, Laura freute sich an allem frischen Grün, an den idyllischen, schöngebauten Häusern der Stadt, die so anders waren als jene, die sie von Jugend auf kannte, doch war es ihr, als sei sie nicht aus Freundschaft zu dieser Fahrt geladen, sondern eher aus einer Neigung der Betriebswirte zum Exotischen heraus. Als einzige Germanistin war sie unbestreitbar ein Exot; denn während die Freundinnen der anderen Studenten eine Art Bankkauffrauenkostüm als Kleidung trugen, hatte sie sich in ein weites, weißes baumwollenes Kleid gewandet.

Gleichviel, die anderen tuschelten, Michael geleitete sie pflichtbewusst, wenngleich ungeschickt zu ihrem Platz im Kahn. Sie saß außen nahe der Bugkante.

Kaum hatte die Zille ihre Fahrt aufgenommen, gab es Leckereien und Getränke und bald flogen die herzergreifend nichtssagenden Gespräche hin und her.

Vom Weine langsam übermütig, gab auch Michael eine Geschichte zum Besten, welche seine Freundin Laura betraf.

„Stellt euch vor, Leute, wie ich dieses Schmuckstück kennenlernte! Eines Abends wollte ich wieder heim nach Ingolstadt starten und fuhr durch Eichstätt. Da sah ich dieses schöne Mädel gehen, ich hielt und bot ihr an, sie mit dem Phaeton meiner Eltern heimzufahren, doch sie schaute sich den Wagen an und sagte nur: „Mit einem Auto, das den Namen des ersten Bruchpiloten der Geschichte trägt, fahr ich als Lateinerin sicher nicht mit." Hahahah, zwei Wochen später hatte ich sie! Topp! Nun, Freunde, was sagt ihr zu meiner Laura?"

Weinselig johlten die anderen Betriebswirte, ihre Begleiterinnen kicherten verschämt, an ihrem Prosecco nippend.

Auch Laura bekam ein Glas und sie leerte es in einem Zuge. Sie begann diese Situation wirklich aus ganzem Herzen zu hassen. Was für ein schlechter Sprudel! Beinahe spuckte sie aus.

„Leute, ihr könnt nicht mal guten Wein machen! In meiner Heimat ist er süß und feurig! Bei euch wässrig und sauer. Doch sind eure Flussufer schön. Was ist dies? Da steht die Weide neben einem türmig gebauten Haus?"

Der ortskundige Student ließ sich eine spöttische Erklärung nicht nehmen, er wandte sich an Laura.

„Des isch dr Turm, wo da varuckte Schreiberling gsesse het."

Der Dichter! Ihr Dichter Friedrich Hölderlin!

Das war doch der Mensch, dessen Lieder Lauras Jugend weniger schmerzhaft machten! Aus denen Verständnis und Liebe klangen! Während andere Klassenkollegen Antidepressiva fraßen, las sie aus seinen Werken und fand sich wundersam getröstet selbst in den schlimmsten Unbilden des Schicksales.

Ja, sie war eigen. Und ja, all jene, die Medikamente nahmen, waren die Angepassteren. Doch das wollte sie nie. Sie wollte immer frei sein, frei von den Zwängen der Gesellschaft und ihren Gewöhnlichkeiten.

„Ha, sag grad", fuhr der einheimische Student fort, „sag grad, du mogst den Trottel in seim Türmle do?"

Die Gedanken rasten in Lauras Kopf hin und her. Mit einem Mal begriff sie, wie wenig sie an diesem gegenwärtigen Orte, in diesem Stocherkahn, verloren hatte. Sehnsüchtig schaute sie sich nach dem gelben Halbturme neben der Weide um, beim Ufer... dort.

„Vielleicht sehen wir uns später.", murmelte sie.

Damit hievte sie sich etwas ungeschickt über die Wandte des Kahns und plumpte wenig anmutig in die Fluten des sommerwarmen Neckar.

2

Es schienen Ewigkeiten vergangen, bis sie wieder auftauchte.

Laura tat einige Schwimmzüge dem Ufer zu. Prustend ergriff sie die ins Wasser hängenden Zweige der Weide und hangelte sich mittels ihrer ans Land. Dort versperrte ihr eine Mauer den Zugang zum nahen Grundstück. Obwohl sie gleich zum Flusse schaute, waren die Fahrtgenossen nicht mehr zu sehen. Nun, Treue sieht wahrlich anders aus, dachte sie bitter, als sie etwas unbeholfen über das Mäuerlein kletterte.

Dennoch unbeirrt wrang sie ihr flussnasses Kleid aus. Dort, innerhalb des Grundstückes, würde sie sich schon trocknen können, bis ihre tollen Begleiter sie wieder finden würden.

Kaum richtete sie ihr schwarzes Haupthaar, bemerkte sie neben sich einen Schatten.

Verängstigt blickte sie auf.

„Euer Hoheit!"

Vor ihr stand ein Mann mittleren Alters, keine vierzig Jahre mochte er gewesen sein. Die aschblonden

Haare hatte er zu einem altmodischen Zopfe zusammengebunden. Er starrte Laura entgeistert an aus seinen seelenvollen Augen, die zu einem halb kantig, halb weichen Gesicht gehörten. Seine Nase war ebenmäßig, seine Lippen voll.

Laura raffte sich auf. Sie wusste um die Höflichkeit vergangener Zeiten und richtete sich danach.

„Es ist sehr liebenswürdig von Euch, aber ich bin keine Hoheit, ich bin nur eine Germanistin, die der Scherze einiger Betriebswirte überdrüssig wurde und dann auf eher unübliche Weise das Boot verließ, darum bin ich jetzt so nass wie eine getaufte Maus. Doch wer seid Ihr?"

Beide musterten einander vorsichtig. Nein, er sah wahrhaft nicht übel aus, dachte sie, und der Mann schenkte ihr ein verstohlenes Lachen.

Ermutigt zog er sein blaues Jackett mit beiden Händen an der Brust stolz und überzeugt zusammen.

„Scardanelli[10], Euer Hohheit, Euch zu Diensten!"

---

[10] So nannte sich Hölderlin in seiner Zeit im Turm Besuchern gegenüber. Auch seine späten Gedichte unterzeichnete er so.

Das Erinnern warf sie zurück, es dauerte nur Sekunden, bis sie staunend erkannte, dass dies ihr verehrter Dichter selbst war, der vor ihr stand.

„Du?... Bist du es wirklich?", stammelte sie.

Da geriet er in konvulsivische Regung, lachte schreiend und wirbelte fast irrsinnig seinen Kopf herum, doch alsbald beruhigte er sich und sagte in gefasstem Tone:

„Ja, ich bin es. Wer sollte es auch sonst sein?"

Laura blickte ihn erst unsicher an, sie begriff, dass sie auf unwirkliche Weise durch die Zeiten gereist sein musste, als sie in den Fluss sprang, dann neigte sie ihr Haupt und flüsterte: „Weißt du, wie sehr ich dich liebe? Du hast mir meine Jugend gerettet mit deinen Gesängen, ich habe alles von dir gelesen, du bist in meinem Herzen! Warum und auf welche Weise wir uns treffen, frage ich nicht, es muss ein besonderes Wunder sein. Doch, ach, wie schön, dass ich bei dir nun bin!"

Ihres Fehlers bewusst setzte sie hinzu: „Verzeih, wenn ich dich duzte, aber so wenig ich Hoheit bin, umso mehr bist du mir Bruder!"

Da umglänzte ein feiner Schimmer die Augensterne dieses seltsamen Mannes. Dennoch unsicher trat er ein paar vorsichtige Schritte auf die junge Frau zu, dann sagte er:

„An diesen Ort bin ich gefesselt, wir können einander nicht berühren oder im Arm halten. Du bist schön wie meine Geliebte Diotima, um die ich immer singen werde. Ich sehe sie heute noch in ihrem weißen griechischen Kleide, die Haare halb zurückgebunden, in vollendeter Schönheit.

Du bist wie sie, doch bist du meine Schwester, die ich gerne gehabt hätte, nicht dieses eingebildete Geschöpf, das alle Seligkeit für sich gepachtet glaubte. Du, Laura, du bist meine Schwester..."

Ja, Laura war nun entsetzt.

Obzwar sie die Erscheinung dieses Langverlebten nicht sonderlich bestürzte – sie hatte als kleines Kind öfter solche Heimsuchungen, da ihr frühere Gestalten erschienen –, so sehr schauderte es sie vor der Tatsächlichkeit des Geschwistertumes mit diesem Dichter.

Was bedeutete dies? Sie wusste es nicht zu ermessen.

„Guter Freund", begann sie innerlich bebend, „unsere Zeiten sind verschieden, du bist mir 200 Jahre voraus, wie in aller Welt können wir Geschwister sein? Und wenn es so sein sollte, wer ist dann unser gemeinsamer Vater?"

Der Dichter wies sie mit einer Geste an, sich auf ein steinernes Bänklein im Schatten der Weide zu setzen, während er selbst es vorzog zu stehen.

Es entstand eine lange Stille zwischen den beiden ungleich-gleichen Menschen, die jeder für sich aus der Zeit gefallen zu sein schienen. Ein leiser Windhauch wehte den Gesang der Lerchen, das Gezeter der Spatzen und milde Kühle vom Ufer heran.

Beneidenswert, dachte Laura, so könnte ich es auch aushalten, da käme ich endlich zum Schreiben... aber nein, ich habe mir diesen stumpfsinnigen Betriebswirt eingetreten, diesen Banausen, mit dem ich, wenn es nach ihm ginge, mein Leben fristen sollte als braves Heimchen am Herd, während er auf nicht ganz legale Weise Geld macht. Dies aber will ich nicht...

Da, unvermittelt, blickte der Dichter sie an.

„Seit meinen Jünglingstagen träume ich von einem herrlichen Weibe, das mir ebenbürtig sei an Witz und Scharfsinn. Einer poetischen Frau, selbst eine Dichterin womöglich…

„Wie Sappho vielleicht?" warf Laura ein.

Der Dichter musterte Laura sorgfältig und nickte; Laura fuhr fort: „Sappho war in ihrem Dichten sehr sensibel. Das macht den Zauber ihrer Werke aus."

Auf einmal runzelte der Mann die Stirne, als habe er etwas nicht ganz verstanden von dem, was Laura sagte.

„Sensibel?". Er schüttelte den Kopf, „was heißt sensibel? Ich kenne das Wort nicht! Ich habe es noch nie gehört…"

Herrgottnochmal, stimmt, schoss es Laura wie der Blitz in die Gedanken, natürlich weiß er nicht, was das heißt, in seiner Zeit, also vor gut 200 Jahren redete noch kein Mensch von Sensibilität. Wer nach unserem heutigen Verständnis sensibel war, der hatte damals nichts zu lachen. Sogar heute nennt man uns Weicheier und Heulsusen. Ach Gott, die Welt ist kein Bisschen offener geworden. Wenigstens kommen sensible Leute heutzutage nicht mehr in die Klapse …

Laura wandte sich dem Dichter freundlich zu. Gerne hätte sie seine Hand gehalten. Aber sie wusste, die Zeiten trennten sie beide.

„Sensibel sein", sprach sie mit ruhiger Stimme, „bedeutet: Ein Fühlendes zu sein für Dinge, die man nicht sehen kann, die nicht jeder sehen kann. Deine Augen sehen nicht, deine Ohren hören nicht, nein, an ihrer statt hört und sieht dein Herz das Unhörbare und Unsehbare. Das ist Sensibilität. Es ist eine Gabe und ein Fluch zugleich."

Laura wurde von einer unerwarteten Bewegung ergriffen und wollte die Tränen, die sich den Weg aus ihren Augen zu bahnen drohten, verstecken, indem sie sich in gewohnter Weise das Tuch vor das Gesicht zu halten strebte, allein, der Schleier war mit der Strömung des Neckar davongetrieben. In diesem Augenblick sah sie alle Gedichte dieses Mannes vor Augen, die sie je las und ihr wurde innerlich bewusst, dass er nie verrückt war. Nicht im herkömmlichen Sinne.

„Hölder...", begann sie, „kann es sein, dass du zuviel fühlst ... dass du über die Grenzen des Fühlbaren hinausfühlst? Nein, nein, ein Dichter kann nie zu viel fühlen, verstehe mich nicht falsch, es ist nicht tadelnswert... das Übermaß des Empfindens erschließt uns Welten ungeahnter Schönheit, ewigen Friedens... aber je mehr wir in diese Sphären eintreten, desto weiter entfernen wir uns von der irdischen Welt mit ihren engumgrenzten Bahnen des Schicklichen... Ich...ich weiß, wie du deine Diotima geliebt hast..."

Der Dichter verschränkte einen Arm vor der Brust und stützte den Ellenbogen in die Handfläche desselben. Die andere Handinnenfläche umfasste nachdenklich sein Kinn, ehe er anhob: „Ja, Diotima war inspiriert und genialisch. Eine vollendete Frau, aller Liebe wert, die sie von ihrem Herrn Kaufmann nicht bekam."

„Ha!" fiel ihm Laura leidenschaftlich und ihrer gegenwärtigen Situation bewusst ins Wort, „Kaufleute verrechnen dir jeden Kuss mit Heller und Pfennig, von ihnen ist keine Liebe zu erwarten!"

Der Dichter schritt sinnend auf und ab.

„Zugleich nahm ich Anteil an dem griechischen Befreiungskriege aus der Herrschaft der Türken." fuhr er fort. „Dieser Zwist gemahnte mich an unser Leben in den deutschen Landen, welche den Geist des Griechentumes mit all seiner Größe und erhabenen Kunst gerade tunlichst zu verleugnen trachten. Ich wollte nichts weiter als das reine Griechentum mit der deutschen Sprache vermählen, da ich überzeugt bin, dass beides, die Zeit der Helden und unsere Gegenwart zusammen eine wunderbare Zukunft sehen können würden. Ich hatte verehrenswürdige Lehrer, meinen Hegel und meinen freiheitsliebenden Schiller, ich nannte sie Adamas und Alabanda, ja ich dachte, sie würden mich bestärken im Kampfe um das Schöne, Wahre und Edle!"

Laura bemerkte, wie der Dichter sich in Ekstase redete, er richtete seinen begeisterten Blick in die Wipfel der Weide und fuhr fort.

„So begann ich. Hyperion sollte mein zweites Ich sein..."

„Hypereionos, der drüber Hinweggehende... Sohn der Sonne", flüsterte Laura bei sich.

„Laura, du Lorbeerene, du Krone der Dichter, kannst Griechisch? Du nickst? Ja, Hyperion sollte die trennenden Grenzen überschreiten hin zum Einssein mit Allem...und wie eine Erfüllung all meiner seligen Träume sah ich sie, Susette[11], die Frau des Kaufmannes Gontard zu Frankfurt. Oh, es war eine gesegnete Zeit, wenngleich ich nur ein Domestik war, der ihren Sohn zu unterrichten hatte. Wir,

---

[11] Susette Gontard, (Diotima): 1769 - 1802, Frau des Frankfurter Kaufmanns und Bankiers Jakob Gontard.

Susette und ich, waren aufeinander hingeschaffen, doch ach!, ihr kalter, ungeliebter Mann, der nur rechnen und zählen konnte und in seinem Weibe ein Besitztum sah, unterstellte mir etwas, das nie war und doch: Um wie vieles freier wäre sie an meiner Seite geworden! Mein Herz zerbrach, da er mich in Unehren von seinem Hause fortschickte. In der Fremde versuchte ich mich weiter als Lehrer, aber ich ahnte das drohende Geschick und eilte unruhig wieder nach Frankfurt, allein, es war zu spät. Sie war tot. Himmel, warum musste ich ihr Schicksal im Romane vorausschreiben? Ich verzweifelte an der kalten Welt, in der weder Freundschaft noch Treue gelten, wurde irre an meinen Schmerzen. Nichts, worum ich je kämpfte, erblickte je das Licht der Wirklichkeit.

So sitze ich hier und gehe am Ufer dieses Stromes auf und ab, ich weine und klage tagein, tagaus um meine liebste Diotima und um die Unfähigkeit dieses Volkes zu edler Freiheit und Menschenliebe!"

Laura grämte sich, da sie die Verzweiflung des Dichters sah. Gerne hätte sie ihn wie eine Schwester tröstend in den Arm genommen, aber es war ihr nicht gestattet, die tatsächliche Schranke der Zeiten mit einer Berührung zu durchbrechen.

„Lieber", flüsterte sie nur, „ich berge deine Sensibilität, dein Leiden am Gegenwärtigen. Dein überwaches Dasein, deine Verletzlichkeit... Ich will deine Sprache den Menschen verstehbar machen, indem ich dich einsehe, mein lieber Bruder..."

Plötzlich näherten sich von der Straße her Stimmen. Laura und der Dichter wandten sich um.

„Do isch ußegfalla!" rief einer der schwäbischen Betriebswirte, die sich nach und nach Zugang zu dem Garten am Flusse verschafften.

„Brings mir wieder zurück!" tönte Michael weithin hörbar, „Das Mädel war teuer! Ich brauch es heut Abend für den Empfang beim Porschevorstand, es muss sich noch herrichten, damit es hübsch ist."

Verzweifelt suchte Lauras Blick den Dichter, doch der war bereits im Begriff in einem Eingang des Turmes zu verschwinden.

„Lieber Bruder, du gehst? O sag mir bitte noch, wer unser beider Vater ist!" flehte sie.

„Am Sternenhimmel", wisperte er, „wollen wir uns wiedererkennen."

Sie hob zum Abschied die Hand.

„Und in den Fluten der Zeit!", rief sie und kaum einen Moment später arbeitete sich einer der Freunde ihres Begleiters durch die lichte Hecke, die den Garten von der Straße trennte.

Mit einmal wurde Laura bewusst, dass sie jetzt um ihrer selbst willen wahrhaftig sein musste, das schuldete sie auch ihrem Dichterbruder.

„Du," ging sie den jungen Kerl an, „du fährst mich sofort zum Bahnhof."

Dem Burschen blieb der Mund offen, kaum vermochte er zu stottern. „Ja, ...ja aber heut Abend...der Empfang... Michael wollte doch..."

„Was Michael will, ist mir so herzlich egal. Ich jedenfalls will auf dem schnellsten Weg nach Eichstätt zurück."

Während der Heimfahrt dachte sie erstaunt und bitter an Verse von Günter Eich[12]

---

[12] We „Hölder lin auf „Urin" reimt, den kann ich nur aus tiefstem Herzen verachten.

3

Österreicher sind einfach seltsam, dachte Dr. Petermann, der Professor für Literaturgeschichte, bei
sich.

Er stammte aus nördlicheren Gefilden, die Färbung
seiner Haut jedoch, der dunklere, olivenholzfar-
bene Teint und seine lockigen, ehemals schwarzen
Haare glichen mehr dem Erscheinungsbild eines
Bewohners der südlichen Länder.

Es war drei Uhr. Petermann wusste seine Hilfswissenschaftlerin Laura bald im Büro nebenan.

Da er sich seit Semesterbeginn die einzige Sekretä-
rin des Institutes mit drei weiteren Professoren zu
teilen hatte, ermunterte er Laura nach ihrer interes-
santen, ersten Seminararbeit über Orpheus, ihm
doch bei allfälligen Arbeiten für die Vorlesungen
zur Hand zu gehen, wie beispielsweise Bücher aus-
zuleihen und zurückzubringen, Handreichungen
zu erstellen und sonstigen Beistand zu leisten.
Hilfswissenschaftlerin oder Hiwi war sie nun bei
ihm, wie man abkürzenderweise so schön sagt.

Und noch dazu Österreicherin. Manchmal hektisch,
aber doch pünktlich. Das wusste Petermann durchaus anzuerkennen. Überdies schätzte er an ihr und

ihren Arbeiten Witz und Scharfsinn. Er mahnte seine Studenten oft zu beiden Geisteshaltungen. Witz bringt weit Auseinanderliegendes zusammen und Scharfsinn unterscheidet Ähnliches, das nicht unbedingt zusammengehört.

Da klopfte es, wenngleich die Türe seines Büros bereits offenstand.

„Bitte, herein!" rief er.

Er erwartete seine Hiwi, es galt die morgige Vorlesung vorzubereiten.

„Herr Professor... bitte verzeihen meinen Aufzug, ich hatte keine Zeit mehr, mich zuhaus um eine bessere und geziemendere Adjustierung zu besorgen... Ich wollte Sie einfach unter keinen Umständen warten lassen…"

Einen schilfgrünen Leinenrock und ein buntbesticktes, weißes Hemd hatte die mädchenhafte Frau mit dem dünnen schwarzen Haupthaar an. Sonst nichts.

Immer, wenn der Professor Laura sprechen hörte, meinte er, dass ihn wahlweise Heimito von Doderers oder Thomas Bernhards Schwester anredeten.

Diese kultivierte Umständlichkeit von Lauras österreichischem Dialekt, dieser Hauch überlegener Dienstfertigkeit, dem sich die deutsche Seele in Wahrheit doch nicht zu entziehen vermag, obwohl sie nie müde werden wird, diese geheime Tatsache von sich zu weisen, bezauberte ihn jedes Mal. Hätte sie schauspielerische Ambitionen, wäre ihre Rolle der Mephisto.

Mephisto muss ein Österreicher sein, wenigstens mit Fräulein Lauras österreichischem Akzent sprechen, dachte er vielleicht etwas besorgt, so bestrickend und einlullend. Aber sie mag das Schauspiel nicht, sie singt lieber in der Kirche. Fast war Petermann beleidigt.

Der Professor wandte sich in seinem neumodischen Drehstuhl zum anderen Ende seines Büros um und sah, wie die schlechtsichtige Laura sich zur Tür hereintastete und den labyrinthischen Weg zu des Professors Schreibtisch nur mit Mühe durchschritt, weil überall auf dem Boden Bücher in kniehohen Stapeln aufgetürmt waren.

„Ich mach mich gleich an die Arbeit," versicherte Laura, ließ ihren Blick über die Bücher schweifen und fragte sich, wie viele davon wieder nicht rechtzeitig zurückgegeben sein würden und daher für

Studenten nicht zugänglich sein mochten. Wahrscheinlich war das ein oder andere für ihre Oberseminararbeit darunter, da sich Petermanns und ihre Themengebiete überschnitten, nämlich die Behandlung der Antike durch Dichter in neuerer Literatur. Professor und Studentin zogen also geistig an einem Strang.

Naja, überlegte sie bei sich, dann geb ich die betreffenden Werke einfach nicht wirklich ab, sondern heimse sie ein. Muss ja keiner wissen. Ausleihfristen für Studenten von 12 Stunden sind ein Witz, da kann man ja nicht arbeiten[13] ... Profs hingegen sind mit keiner Frist belegt... naja, Quod licet Iovi, non licet bovi[14]...

„Kommt Herr Dr. Lupo heute auch?" fragte Laura weiter, „Ja? Fein, dann können wir ja wieder das ganze Institut mit Bruckner beschallen!"

Der junge, stets übermäßig parfümierte Assistent Dr. Lupo teilte sich das nebengelegene Büro mit Laura und brachte als ersten Einrichtungsgegenstand einen Plattenspieler mit, den er oft und gerne mit Scheiben Brucknerischer Musik beschickte und

---

[13] In der Tat hat die Eichstätter Bibliothek nun bis 24 Uhr auf, also bis zu einer eulengerechten Zeit.
[14] Was dem Jupiter erlaubt ist, das ist dem Ochsen nicht erlaubt; lateinisches Sprichwort.

ihn dann bis zum Anschlag der Lautstärke auf-
drehte. Da jauchzte schon mal das „Te Deum" oder
die 7. Sinfonie durch sämtliche Wände des Institutes, während Laura Hölderlin, Trakl und Rilke laut
und begeistert deklamierte.

Nebenan versuchte der verzweifelte Professor Petermann dann jedesmal seine Gedanken zu ordnen,
indem er eindringlich zu sich selber sprach.

Allein Laura vermochte anderen Studenten auch zu
sagen, wann sich Dr. Lupo in irgendwelchen Berei-
chen der Bibliothek befunden haben mochte, weil
sie wusste, wann sich die nicht eben dezente Par-
fümwolke, die der Assistent in seinem Kielwasser
hinter sich herzog, mit der Zeit zu verflüchtigen
pflegte.

Wir sind hier nichts anderes als eine bessere Irren-
anstalt, dachte der Professor manchmal verzweifelt
und fragte seine Hiwi Laura, als er ihrer in diesem
etwas derangierten Zustand ansichtig wurde: „Und
wo in aller Welt waren Sie, wenn nicht zuhause?"

Sie putzte sich einen Rückstand Erde und Algen
vom Saum ihres Rockes und erwiderte fast beiläu-
fig: „Mei, ich war halt grad in der Altmühl baden.

Ich hatte dort eine geniale Idee betreffs des Hölderlin-Gedichtes *Mnemosyne!*"[15]

Der Professor glaubte sich verhört zu haben. Freilich, die Altmühl ist alles andere als ein reißender Fluss, doch darinnen zu baden? Das konnte nur Laura in den Sinn kommen!

Ja, er traute seiner Hilfskraft ziemlich viel zu.

Die liest die Arbeit zur Erlangung der Professorenwürde eines Kollegen in einer Woche auf Korrektur, sie interpretiert Gedichte spontan, als kenne sie die Autoren persönlich und sie weiß die Deutung vor allem von Hölderlins Lyrik in so herzzerreißende und liebevolle Worte zu fassen, dass niemand mehr denken möchte, dieser Dichter sei wahnsinnig gewesen. Hölderlin wäre sehr stolz auf sie. Ja, der hätte in seiner Zeit so eine wie Laura gebraucht, sinnierte Petermann. So eine bisschen verrückte und seltsame Freundin, die seine Werke liebt. Vielleicht wäre Bettina von Arnim die richtige für ihn gewesen... Ja, Bettina... Laura sieht ihr tatsächlich ein wenig ähnlich...meine Laura brächte es sogar fertig, verschiedene Wiesenblumen zu pflücken, dann nachts über die Mauer ins Priesterseminar einzusteigen, um dort nackt im kleinen Teich zu

---

[15] Gedicht von Friedrich Hölderlin.

baden und die Blumen an der Madonnengrotte hinzulegen, wenn es nötig sein sollte…Moment… hatte er soeben „meine Laura" gedacht?

„Entschuldigen, jetzt habe ich Ihnen den ganzen Teppichboden nassg'macht mit meinen Schuhen … Sagen S' mir, was heute zu tun ist… wissen S', der Aberglaube der Leute ist wirklich arg! Aus den Gräbern sollen sie angeblich wieder aufstehen! … Ich hab wirklich große Lust, heut Abend ein paar Krebse im Teich bei Mariahilf zu fangen und die dann mit einer Kerze auf dem Rücken im Friedhof loszulassen. Dann können die netten Leute sich einmal brausen gehen mit ihrem Aberglauben!"

Der Professor verbarg seinen Mund und einen kleinen Teil seiner Wange mit den Händen. Diese Geste sollte Ausdruck seiner Entrüstung über Lauras seltsame Anwandlungen sein.

Aber eigentlich bedeckte er sein Gesicht nur, damit sie ihn nicht lächeln sehen konnte.

4

Die junge Frau Doktor Suzanne Wagner am Wiener AKH machte sich ein paar Jahre später in ihrem weißen Kittel für ein Aufnahmegespräch bereit. Eines von vielen. Immer mehr Menschen werden krank an unserer Welt, dachte sie, vor allem die sensiblen.

Sie selbst war aufstrebend, erfolgreich, ja, sie hatte die besten Referenzen; sie schrieb eine anerkannte Arbeit über den Wiener Psychologen Hans Asperger, sie hatte in Amerika beim Forscher Baron Cohen über eine ähnliche Thematik promoviert. [16]

Ihr Leben ging einen steten Weg, so wie sie es sich immer gewünscht hatte.

Wie gewöhnlich desinfizierte sie ihre Hände, bevor sie die neue Patientin ansehen wollte, dann eilte Frau Dr. Wagner den weißgekachelten Gang des AKH entlang in den Behandlungsraum, wo sie bereits erwartet wurde.

Eine ebenfalls weißbekittelte Schwester reichte ihr einen Packen Unterlagen entgegen.

---

[16] Stimmt alles, nachprüfen bitte selber!

„Schauen Sie, das sind die Auswertungen der Tests der Frau Magister, bemerkenswert, oder nicht?"

Aufmerksam begutachtete Frau Dr. Wagner die Testergebnisse.

„Hm, interessant", meinte die Ärztin, „ich werde den Primar hinzuziehen, aber der Fall scheint klar."

Suzanne strich sich durch die kurzen schwarzen Haare und seufzte; ihr eigener Kollege Dr. König war selbst ein eigenwilliger Kauz...aber vermutlich wird man automatisch psychologisch auffällig, wenn man immer von diesen Leuten umgeben ist. Dr. Suzanne lächelte verstohlen und spitzte die Lippen. König ist schon sehr drollig. Jungenhaft und drollig.

Nein, sie wollte ihn nicht pathologisieren, sie dachte nur: Naja, vielleicht haben wir alle in gewisser Weise einen Vogel. Aber das ist ja nicht schlimm. Hauptsache, man stempelt in seinem Beruf niemanden von vornherein ab, man hat das Herz am rechten Fleck und das gute Wort auf den Lippen.

„Die Frau Magister", rief Frau Dr. Suzanne Wagner schließlich, nachdem sie die Unterlagen durchgesehen hatte, „soll reinkommen!"

Alsbald betrat eine unscheinbare Frau den Raum. Mit einer Geste ermunterte Suzanne das kleine Wesen, endlich zu sprechen, nachdem es sich gesetzt hatte.

„Meine Familie hat mich für verrückt erklärt", murmelte Laura leise und schüchtern, ohne einen Blick auf die Nervenärztin zu richten und fuhr fort: „abgeschrieben bin ich..."

Da die Doktorin aus den Unterlagen bereits vieles erahnte, fasste sie vorsichtig nach der Hand der Frau.

„Sie bleiben jetzt bei uns, es wird Ihnen gut gehen. Am Vormittag sind Sie hier, da ist Therapie, man spricht mit Ihnen und Sie dürfen malen oder etwas bauen. Nachmittags sind Sie frei, auch in die Stadt zu fahren. Aber erzählen Sie uns dann immer abends, was Sie dort erleben und wie Sie es erleben."

Da versuchte Laura ein schüchternes Grinsen.

„Ach, und dann werde ich nicht für verrückt erklärt? Ich darf in die zoologischen Gärten gehen und mich von Saugfischen befressen lassen, ich darf die Schönheit aller gottgeschaffenen Kreaturen sehen, die Kostbarkeit der Schätze unseres Staates betrachten...Warum in aller Welt soll ich das dürfen, wo ich doch einmal als unzurechnungsfähig festgehalten wurde? Wissen Sie wie man mich vor einiger Zeit in einer anderen Nervenheilanstalt hielt? Mir wurden zwar die Hemdfesseln nicht angelegt, aber ich sah die anderen armen, in ihrer Seele gepeinigten Menschen, die während eines Gewitters um ihr Leben flehten, derweil der Donner grollte und die Blitze zuckten... ja, da verließ selbst mich der Mut. Wieso soll es mir nun hier besser gehen?"

Da drückte Dr. Wagner die Hand der Frau Laura noch einmal stärker und versuchte ihr in die Augen zu sehen, allein diese ließ es nicht zu. Stattdessen schweifte ihr Blick in den schön angelegten Garten. In der Tat machte alles einen freundlicheren Eindruck, auch die Patienten schienen nicht leidend zu sein.

Dr. Suzanne nickte verständnisvoll.

„Sie sind jetzt bei uns. Wir wissen, wie Sie gekämpft haben. Sie haben Ihr Leben unter ungünstigen Voraussetzungen führen müssen. Fürchten Sie nichts, wir wollen Sie nicht lange hierbehalten, Frau Magister, sie sollen und können ja Ihr Leben gut hinbringen. Wir wollen nur, dass Sie annehmen, wer

Sie sind und dass Sie verstehen, warum Sie irgendwie anders sind. Bleiben Sie diese paar Wochen bei uns; und wann immer Sie in die Oper gehen wollen, so gehen Sie, melden Sie sich nur rechtzeitig ab."

Die Patientin Laura staunte, sie freute sich schon auf Abende am Stehplatz an der Galerie der Staatsoper, darauf, des Nachmittags auf den Flaniermeilen der Stadt in Geschäfte zu gehen und die Gegenstände und Kleider zu betrachten, zu befühlen und sich an ihrer Materialität zu ergötzen. Sie freute sich auf die Museen dieser schönen Metropole Wien. Sie war so ausgehungert nach all diesem.

Ja, vielleicht hatte sich die Behandlung psychischer Eigenheiten seit gewisser Zeit wirklich geändert.

Oder ist es in Österreich einfach nicht so schlimm, einen Vogel zu haben?

5

Warum sich Laura einige Jahre später auf dieses Bewerbungsgespräch in Deutschland eingelassen hatte, wusste sie tatsächlich nicht.

Ja, sie brauchte Geld, sie musste danach sehen, dass Barschaft ins Haus kam, um die dringende, aber kostspielige Renovierung ihrer Wohnung zu finanzieren. Sie bewohnte in einer mittelgroßen österreichischen Kleinstadt am Rande der Alpen ein ruhig gelegenes Appartement, in das ursprünglich eine recht in die Jahre gekommene Küche und ein relativ desolates Bad eingebaut waren.

Doch es befand sich im vierten Stock, über den Dächern der Stadt, sie hatte sich ihre Bibliothek eingerichtet, ihr Cembalo stand im Wohnzimmer und sie hatte einen Balkon mit schönem Ausblick. Ja, sie verfügte nun über eine Wohnung ebenso hell, wie jene, um die sie einst den aus der Zeit gefallenen Dichter beneidete, damals in Tübingen am Neckarufer.

Dennoch half alles nichts, das Geld war knapp; Laura musste in ihrem herkömmlichen Beruf als Lehrerin arbeiten, sie musste anständig verdienen, weswegen sie sich auch an einigen höheren Schulen beworben hatte.

Es war Februar, Laura musste durch knietiefen Schnee zur Schule waten, der milchweiße Horizont kannte nicht einen Strahl Sonnenlichtes. Vor dem abweisenden Gebäude klirrten die Schnüre der leeren Fahnenmasten durch die eisige Luft. Laura fröstelte, sie wickelte sich stärker in ihren Umhang ein.

Ein paar Treppenstufen später saß sie der Frau Gundula Gessler, Direktorin einer Provinzschule in Bayern gegenüber. Die Dame versuchte ein freundliches Gesicht zu machen, was ihr nur unter größeren Bemühungen glückte.

„Schön, dass Sie den Weg zu uns gefunden haben!", bewillkommnete die Direktorin Laura, indem sie sich umständlich erhob, ihren grauen Rock mit Schottenkaro zurechtstrich und ebenso an ihren kinnlangen, spaghettilockigen, aschfahlen Haaren verfuhr.

Nach dem etwas zögerlichen Handschlag setzten sich die beiden Frauen.

„Sie", wandte sich die Direktorin an Laura und ließ es ihrer Stimme nicht an Überheblichkeit fehlen, „Sie haben sich an unserer doch sehr ländlich gelegenen Schule beworben. Warum?"

Laura schaute der Dame nicht in die Augen, nur haarscharf daran vorbei. Obwohl Laura wirklich Probleme damit hatte, zu entscheiden, ob ihr jemand gewogen war oder nicht, bemerkte sie bei Frau Direktor Gessler sofort eisige Kälte. Der Raum, das Büro mochte warm geheizt sein, dennoch kroch eine geradezu seelische Kälte in Lauras Glieder, da sie dieser Direktorin gegenübersaß. Trotzdem bemühte sie sich, gute Miene zu machen. Das kostete Kraft. Wenn ich hier raus bin, dachte sie, nehm ich entweder Hustensaft oder geh ein Bier trinken...

„Nun, ich bin kein Freund der Großstadt..." begann Laura, doch Direktorin Gessler unterbrach sie unwirsch mit jenem spöttisch-hysterischen Lachen, das manchen Frauen ab einem gewissen Alter eigen zu sein scheint.

„Haha, na, da sind Sie ja bei uns genau richtig, nicht wahr? Provinz, Alpenland, traumhaft, oder?"

Die Gesslerin hüstelte affektiert in ihr Schneuztüchlein, welches sie hernach umständlich in die rechte Seitentasche ihres zu engen Rockes zurückbeförderte.

Habe ich da gerade einen Anflug von Frustration herausgehört, dachte Laura nun bei sich. Will die vielleicht selbst garnicht hier sein, sondern doch lieber im Ministerium Karriere machen? Möglich wäre das durchaus.

Aber Frau Direktor Gundula Gessler redete weiter.

„Wenn auch unsere Schule bedauerlicherweise in der Provinz ist, so legen wir größten Wert auf moderne Bildung!"

Wir, dachte Laura, wer ist „Wir"? Redet die von sich jetzt sogar im Pluralis maiestatis oder wie?

„Aha", versuchte Laura sich gesprächig zu zeigen, „und was verstehen Sie unter dieser sogenannten modernen Bildung?"

Nun war es an Laura, berechtigterweise erhobenen Hauptes zu fragen. Ich habe, dachte sie, mein Abitur noch anständig erworben und musste nicht unzusammenhängende, hanebüchene Testfragen durch Ankreuzen beantworten.

Die Direktorin lehnte sich ihrerseits zurück und leckte sich genüsslich die Lippen, nicht ohne zu vergessen, den graukarierten Rock erneut glattzustreichen. Laura bemerkte sofort den unzureichend gesäumten Rand des Rockes, aus dem ein grauer

Faden hervorlugte. Sie verlegte sich nun darauf, penetrant diesen hängenden Faden anzustarren; Laura konnte auf dezente Art wirklich ätzend sein. Und in der Tat! Die Direktorin wurde zusehends nervöser und begann am Rocksaum zu nesteln.

„Nun, wir legen sehr viel Wert auf Zielvereinbarungen und Kompetenzen. Ohne denen nämlich..."

Ohne diesen, verdammte Axt, lern erst mal Deutsch!, dachte Laura grollend. Wenn sie schon diese verabscheuenswürdigen Begriffe hören musste, sollten sie doch grammatisch korrekt verwendet werden. Und überhaupt: Ist der Präposition *ohne* im Deutschen nicht sowieso der Genitiv beigeordnet?

„...Ohne dem kann sich ja keine Bildungseinrichtung mehr halten, nicht wahr? Damit die Schüler dann optimal für das Berufsleben vorbereitet werden, ist es klar, dass man sie früh lernt..."

Oh nein, Mäderl, dachte Laura eher mitleidig, Mäderl, es heißt *„man lehrt jemandem etwas"*. Grundgütiger, wo bin ich da nur gelandet?

„...Operatoren richtig zu erkennen und anzuwenden. Wir erwarten selbstverständlich von unseren Lehrkräften vollkommene Unterstützung in diesen Weg zu einer neuen Bildung, von der das Ziel ist, dass junge Leute dem Arbeitsmarkt bestens als so wichtiges Humankapital zur Verfügung stehen..."

In *diesem* Weg!!!!!

Herrschaft, was kannst du eigentlich, Gesslerin, du Deppenfut? Dativ und Akkusativ sollte man schon unterscheiden können!!! Jetzt haut es dem Fassl aber wirklich den Boden aus!

Da hielt Laura nicht mehr an sich. Ihr Herz, ihr Lehrerherz, war zutiefst beleidigt; und nicht nur das schwache Deutsch dieser Direktorin erzürnte sie.

Sie, welche selbst zum Großteil gute und verantwortungsvolle und vor allem menschliche Lehrer hatte, nahm ihren Rucksack um die Schulter und stand auf.

Mit vor Zorn glühenden Augen zischte sie: „Danke für das Gespräch. Ich werde keine Kinder in die *Chamälionsfarbe der Erwachsenen*[17] tauchen. Einen Operator, ein Werkzeug soll ich ihnen geben? Soll ich sie nicht vielmehr aus einem ganzen Werkzeugkasten auswählen lassen, damit sie das richtige Instrument herausfinden, um ein Problem zu lösen?

---

[17] Hölderlin, *Hyperion*, erster Band, weiß nicht, wo genau...

Soll ich sie also zur betreuten Unmündigkeit erziehen? Soll ich auf diese schnöde Weise eine leicht lenkbare Masse erschaffen, indem ich die Kinder einlulle und ihnen stets die bequemste Lösung vorsäusle? Soll ich ihnen gar das eigene Denken abgewöhnen? Nein, das kann, will und werde ich nicht. Hier ist für mich keine Arbeit zu finden. Frau Direktor, auf kein weiteres Wiedersehen!"

Damit ging Laura ohne Gruß.

Gewiss bedrückte sie die wirtschaftliche Notlage, die nun wahrscheinlicher wurde, aber nie hätte sie es über sich gebracht, ihre Lehrerseele und die ihr anvertrauten Kinder an diese platte, ökonomistische und geistlose Zeit zu verraten und zu verkaufen, deren Vertreter diese Direktorin Gessler war.

Erst als Laura sich wieder im Zug befand, wagte sie, ihrem Ärger Luft zu machen.

„Fuck off!" hätte jeder andere geflucht.

Allein, sie als Germanistin knirschte halblaut: „Du selbst vom Teufel verschmähte Hure! Die Götter mögen dich verfolgen bis ins siebente Glied!"

Einen Job hatte sie sich vertan, das wusste Laura. Doch sie spürte die warme Gegenwart ihres Bruders Hölder an ihrer Seite. Er schenkte ihr mitten im Winter das zärtliche Beisammensein am sommerlichen Ufer des Neckar vor vielen Jahren wieder.

Sie musste sich erst wieder beruhigen, als sie dem Billeteur ihre Fahrkarte vorwies; dann seufzte sie: *„Ich will nun aus Deutschland wieder fort... meine Seele soll sich unter diesen Leuten nicht weiter verbluten.“*[18]

---

[18] Hölderlin, *Hyperion*, letztes Kapitel, Hyperion an Bellarmin.

6

Einige Jahre vergingen und Laura hatte in der *Fremde die Sprache fast verloren.* [19]

Dies nämlich ist ihre Heimat, dieses kleine Flusstälchen in der Mitte Österreichs mit seinem ruhigen Gewässer und den meist lieblichen Ufern, welche sie an ihren Studienort Eichstätt erinnerten.

Jene zwei Männer, Edmund Katzger, Schuldirektor und Wolfgang Galler, Kantor an der Kirche in der Stadt, da Laura wohnte, diese beiden, die sie im Laufe der vergangenen Jahre liebgewonnen hatte, aber zwischen denen sich ihr Herz nun entscheiden musste, waren ebenfalls hier beheimatet. Es stand für Laura fest, dass sie keinen der beiden für eine herkömmliche Beziehung haben wollen würde, allein, sie begehrte die zwei lediglich als Freunde. Doch konnte sich ihr Herz nicht zerreißen, daher musste sie sich entscheiden. Sollte sie ihre freundliche Treue dem erfolgreichen Herrn Katzger mit der angesehenen Stellung zuwenden, in dessen Glanz sie sich bereits zu sonnen begann? Oder sollte sie

---

[19] Nach Hölderlin, *Mnemosyne*, Zweite Fassung: *„Ein Zeichen sind wir, deutungslos, schmerzlos sind wir und haben fast die Sprache in der Fremde verloren…"* 1803.

ihre Seele dem Bescheidenen, dem schüchternen Musikus Herrn Galler schenken?

Freilich, dem Erfolgsgewohnten hatte sie bereits Gesänge und Lieder gedichtet, hier, an diesem Ufer. Sie ließ ihn Gestalt werden in ihren Erzählungen. Aber nun, … seine aktuelle, stämmige Buhlschaft würde nicht die reinste Regung von Zärtlichkeit einer anderen Frau erdulden, so besitzergreifend war jene, ihres Zeichens ebenfalls Dienerin eines maroden Schulsystems.

Der andere Herr, der Galler, war stiller. Laura mochte ihn vielleicht zeitweise um des jovialen und ansehnlicheren Katzgers willen geringgeachtet haben, was ihr nun von Herzen leidtat. Aber seit ihrer beider ständigen Zusammenarbeit zum Lobe Gottes wuchs sie trotz schwacher Gesundheit zur Treue heran.

Sie, die selbst nicht die große Wortführerin war und in Unterhaltungen nicht mächtig aufsprach, raffte ihr weißes Kleid zusammen, da sie sich an diesem Sommertage dem kleinen Fluss näherte.

Es wird nicht schwer und hinderlich sein, wenn es nass wird, dachte sie, dafür ist es zu feingewebt. Außerdem war ich schon einmal mit diesem Kleide in einem kleinen Fluss schwimmen.

Zuerst umspielten die Fluten ihre Knöchel, dann ihre Knie, ehe sie sich ganz dem Wasser anvertraute.

Und kaum sank sie hinab, sprach es zu ihr.

„Wo ist sie... deine wahre Natur... Wer reicht dich nun zur echten, bedürfnislosen, nievergehenden Schönheit hin?... Schwesterliche Freundin, *das Getrennte findet sich wieder, wir stimmen doch zusammen in einem Wohllaut, was ist der Tod, was ist der Mensch? Die Adern des Herzens begegnen einander und einiges, ewiges, glühendes Leben ist alles!* "[20]

Da tauchte Laura wieder auf, schaute in den welligen Spiegel des kleinen Flüssleins.

Sie trug nur das weiße Kleid.

Nebenan hingen die obstschweren Ranken eines alten Apfelbaumes ins Wasser und sie bestaunte die rotgoldenen Früchte, die ihr entgegenwuchsen. Noch einmal neigte sich die Weißbekleidete dem Wasser zu, es schien ihr, als blickte ihr ein Gesicht daraus empor, sie erinnerte sich, es war lange her.

---

[20] Hölderlin, auch letztes Kapitel des *Hyperion*...weiß auch grad nicht wo...

„Es ist die *Hälfte deines Lebens*...“[21] rauschte es aus dem Bache.

„Danke, mein Bruder, danke, du bester Freund, ich will dir vergelten, was du mir je tust! Auch wenn die Jahre uns trennen und nur das liebe, *naive Element des Wassers* uns verbindet, so wollen wir füreinander da sein! Gleich morgen Früh werde ich dir ein Zeichen meiner Liebe schenken! Du hast mir gezeigt, dass nur ein reines, bescheidenes Herz die Heimat meiner Seele sein kann. Und vielleicht, liebster Bruder, verrätst du mir, wer unser beider Vater ist.“

Ein letztes Mal wallte der kleine Fluss auf.

„Wer wie du,“ flüsterte es sanft aus den Wogen hervor, „am Strome sitzt, und wie du um ein Verlorenes klagt, der weiß, wer unser beider Vater ist.“

Da warf sich Laura noch einmal in die Arme des Flusses und seufzte: *„Immer ist's Orpheus, wenn es singt*...ich wusste es. Und ich weiß, wer uns noch verschwistert ist... “

---

[21] Ein Gedicht Hölderlins, *Hälfte des Lebens* , 1804.

„Lass sie alle immer in deiner Seele geborgen sein,"
murmelte der der Fluss, „wir stehen alle einander
bei."

7

Der Kirchenmusiker Wolfgang Galler probte kurz vor der heiligen Sonntagsmesse mit Laura die Gesänge.

Sie war eine Suchende und so kritisch sich selbst gegenüber. Die Hälfte ihres Lebens war längst vergangen. Vieles hatte sie wohl getroffen trotz ihrer Einschränkung, von der sie lange nichts wusste und auf die sie sich nichts einbildete, wie andere Leute es für gewöhnlich lautstark zu tun pflegen.

Sie sang soeben den Psalmvers probeweise vor sich hin, da räusperte sie sich.

„Gott ist die Liebe", murmelte sie, als sie vom Kantorenbuche aufblickte, „und doch habe ich mich hingeworfen für einen Schatten von weltlicher Liebe und Erfolg...ob Er mir das verzeihen kann?"

Der Wolfgang an der Orgel, dieser hochgewachsene Mann mit den wasserblauen Augen bemühte sich, angestrengt in seine Noten auf dem Pult zu schauen. Manchmal, wenn sie probten, sagte Laura Dinge, die ihn verwirrten und denen er auf die Schnelle nichts zu entgegnen wusste. Doch diesmal fiel ihm die Antwort leicht.

„Nun, ich denke, wenn er dir nicht verziehen hätte, wärest du nicht in der Lage, so zu singen. Du solltest dieser Gnade glauben." erwiderte er nachdenklich und ernst.

Da begannen die Glocken die Gläubigen zur heiligen Friedensfeier zusammenzurufen; beide, der Organist Wolfgang und die Sängerin Laura, stiegen die Treppe der Empore hinab und strebten der Sakristei zu, wo der Priester Pater Willibald bereits wartete.

Laura nestelte aus ihrem Rucksack einen Geldschein hervor und gab ihn dem Priester mit den Worten: „Willi, wegen der Intention, die ich beantragt habe...ich möchte die Messe aufopfern lassen für einen Verstorbenen. Er ist schon länger verstorben, beinahe vor 200 Jahren, aber vermutlich betet niemand mehr für ihn..."

Der leutselige Pater hieß sie willkommen, während der Organist schüchtern beiseite stand.

„Ach," meinte Pater Willibald, „und für wen soll ich die Messe lesen? Schreibst du mir das auf den Zettel da?"

„Gerne!" erwiderte Laura.

Sie ergriff den Kugelschreiber, den ihr der Mesner Christian bot und schrieb in deutlichen Buchstaben auf das quadratische Zettelchen einen Namen.

Augenblicklich sahen sich der Organist Galler, welcher interessiert herantrat, und der Pater an, ehe sie Laura betrachteten.

„Viel hat erfahren der Mensch von Morgen an," murmelte Laura in sich gekehrt, *„bald aber sind wir Gesang!"*[22]

Sie legte den Zettel vor den Pater. Auf dem Papiere stand ein Name.

Magister Friedrich Hölderlin.

---

[22] Aus Hölderlin *Friedensfeier* 1801.

Herz-Innenraum

Eine betrachtende Erzählung über die intransitive Liebe und die Musik im Sinne
Rainer Maria Rilkes

Zugeeignet all meinen Freunden in Sprache und Musik,
meinem Dichterfreunde Dr. Scheidig,
meinem lieben Kantor Herbert,
dem lieben Prof. Zebinger
und
dem gottseligen Prof. Wolfram Menschick

1

Es war später Vormittag. Der zwölfjährige René Marie saß einsam am Fenster des herrschaftlichen Hauses mit Blick auf den Hradschin von Prag, der goldenen Stadt. Die Moldau wand sich zu Füßen des ehrfurchtgebietenden Burgberges schweratmend an den befestigten Ufern der Stadt entlang.

Sonderlich glücklich war der Junge nicht, weil ihm ein Abschied bevorstand, das ahnte er schon seit langem, daher saugte er jeden Blick auf seine Heimatstadt begierig ein, so, als sei es der letzte Tropfen in einem Becher voll kostbaren Nektars.

Er hing seinen Gedanken nach und träumte in die Ferne, das Kinn auf die Hände gestützt. *Schau so gerne die verwetterte Stirn der alten Hofburg an...schon des Kindes Blick kletterte dort hinan...[23]*

Das, dachte der kleine René Marie, das reimt sich doch! Weiter!

*Und es grüßen selbst die eiligen
Moldauwellen den Hradschin,*

---

[23] Wirklicher Beginn eines der ersten Gedichte Rainer Maria Rilkes, den ich künftig Rene Marie nennen werde.

von der Brücke sehn die Heiligen
ernst auf ihn.

Und die Türme schaun, die neueren,
alle zu des Veitsturms Knauf
wie die Kinderschar zum teueren
Vater auf.[24]

Oder ist es besser: *„zu dem teuren"*? Keine Ahnung, es passt schon.

Seine ältere, verstorbene Schwester[25] träumte der Knabe oft herbei.

Sie wäre gewesen, was er nun den Wünschen seiner Mutter gemäß sein musste: mädchenhaft, scheu und weich. Deshalb gab sie ihm auch den hierzulande ungewöhnlichen Namen René, „der Wiedergeborene". Oder eben auch: „die Wiedergeborene".

Doch der Vater, von seinem eigenen Schicksal enttäuscht, nur ein Beamter zu sein, wollte aus ihm den stahlharten Kerl machen. Krieg lag in der Luft und

---

[24] Aus einem gleichnamigen Gedichte Rilkes aus seinem Bande *„Larenopfer"*.
[25] Rilke hatte in der Tat eine verstorbene ältere Schwester. Der Name Sisi ist allerdings fiktiv.

kein Elternpaar der königlich-kaiserlichen Monarchie durfte sich verweigern, seine Burschen an Militärakademien zu richtigen Männern erziehen zu lassen, das Kaiserpaar selbst ging doch mit gutem Beispiel voran! Der von der Mutter, dieser seltsamen Kaiserin Elisabeth verweichlichte Thronfolger musste es ja auch durchmachen! Der arme Bub...

Dieweil René Marie so vor sich hinträumte, ging die Tür, er sah sich um, seine Mutter betrat den Raum in ihrem festlichen Sonntagsstaate, ein schwarzes, rüschenbesetzes Kleid von gehäkelter Spitze; sie lief auf ihn zu, umarmte ihn, er bemerkte gleich ihren so sehr geliebten Duft... In der Umarmung vernahm er ihn, eine Mischung aus Puder und Moorwasser... seine Schwester hätte auch so geduftet.

„René, es ist Zeit, du musst dich aufmachen nach St. Pölten in die Milak. Vater will es so. Du sollst eine gute Ausbildung erhalten und dann ein schneidiger Kadett werden!... Du zögerst...?"

„Maman", nannte er die Mutter auf Französisch, „ich weiß nicht...was wäre dann der Weg von Sisi... so hättest du doch meine Schwester genannt, wie du immer sagtest?"

„Sie," entgegnete die Mutter nachdenklich und ihr Gesicht nahm einen besorgten Ausdruck an, während sie die Tränen unterdrückte, „sie wäre vielleicht Musikerin und Dichterin geworden... aber, liebes Kind, erinnere mich nicht an diesen gramvollen Verlust, der Vater wurde fast rasend vor Schmerz, deswegen behandelte ich dich auch wie ein Mäderl, aus hilfloser, unbeerdigter Trauer. Aber nun sollst du ein Mann werden!"

Die Mutter schaute ihm in die Augen und fuhr fort, während ihr die Tränen die Wangen netzten: „Aber jetzt spute dich, mach dich zurecht, dein Gepäck steht schon bereit!"

„Maman, bitte..."

René Marie wehrte sich gegen den Willen der Mutter, der nicht der ihre war.

„Sei getrost, deine Schwester wird bei dir sein, sie ist ein guter Geist, wir konnten sie noch taufen lassen und ihr den Namen Sisi geben. Sie ist sicher bei Gott und schaut auf dich!"

Da rumpelte schon die Kutsche vor, die Koffer wurden hochgewuchtet und der ängstliche, blasse Knabe in die Fahrgastzelle des Wagens geschoben.

Meine Schwester, die niegekannte wird da sein...
dachte der kleine René Marie angstvoll und zuversichtlich und schmiegte sich in eine Decke, die noch
den Duft der Mutter, seiner geliebten Maman trug.
Es tröstete ihn ein wenig, während er seiner Heimatstadt herztraurig nachblickte.

Die Götter des Heimathauses, so wusste es René
Marie von seinem Lehrer, nannten die alten Römer
Laren. Der junge Knabe ahnte, dass dies ein Ab-
schied für immer sein würde. Ich werde dir ein
Larenopfer bringen, Prag, du goldne!

2

Etwa hundert Jahre später geschah es, irgendwo in Bayern.

Eine Schülerin, ein Mädchen von vierzehn Jahren, Laura, sollte zum Deutschtest eine Schilderung schreiben.

Thema: Herbst.

Die Klasse 8d musste dafür in einen anderen Raum der Schule übersiedeln, da die arroganten Oberstüfler das angestammte Klassenzimmer für einen Kurs beanspruchten.
Das war Alltag in der Schule, niemand sorgte sich darum. Man nannte es allgemein scherzhaft „Völkerwanderung".
Die Kinder der 8d bezogen nun also tuschelnd ihre Plätze, Laura saß ganz vorne, weil da sonst keiner sitzen wollte.

Wie es meistens so ist, ließen die älteren Schüler, die vorher im Raum waren, oft ihre Arbeitsblätter liegen.

Auf Lauras Platz lag eines.

Es bekümmerte sie erst nicht, denn nun galt es den Test zu schreiben: Schilderung, Thema: Herbst

Laura liebte das Lesen seit sie vier Jahre alt war, ihr Vater hatte ihr immer von den alten Sagen und Mythen der Griechen erzählt und sie begann zu schreiben, sobald sie in der Lage war, einen Stift in den Fingern zu halten. Der Vater drillte sie regelrecht, wenn es um das Schreiben ging. Er verfiel dann immer in eine Art Besessenheit, als ob er versuchte, in seiner Tochter ein selbst erlebtes Kindheitstrauma aufzulösen, etwas, das er vor seinen eigenen Eltern nie erfüllen konnte. So musste sie für jeden Aufsatz abseits der Schule, den er sie seit dem neunten Lebensjahre zu schreiben hieß, mindestens zwei Entwürfe anfertigen.

„Scheitern!" lehrte er sie immer, „Nochmal versuchen, wieder scheitern, …aber besser scheitern!"

Das war stets seine Devise, die er von dem Schriftsteller Samuel Beckett hatte. Erst wenn etwas perfekt war, akzeptierte der Vater es. Vielleicht. Denn es könnte selbstverständlich noch besser, noch perfekter sein.

Dennoch mochte Laura diesen strengen, aber im Herzen doch liebevollen Vater. Mit ihm konnte sie auf den endlos langen Wandertouren durch den heimischen Hochwald so wunderbar ihren Gedanken nachhängen und schweigen.

Und sie musste schweigen, musste den Gedanken nachhängen.
Sie war damals zum ersten Male in ihrem Leben verliebt. Und sie wusste, dass es anders war als das billige, kurzlebige Herumgefummle, mit dem ihre Klassenkameraden die erwachende Sexualität zu begrüßen hofften.

Das mag ich nicht...oder noch nicht, dachte Laura.

Nein, sie spürte, dass ihre Empfindungen anders waren. Sie richteten sich auf jemanden, der ihr nie erreichbar sein würde, und genau das begeisterte sie: Den innigsten Regungen eine andere Gestalt als körperliche Lust zu geben! Und das war vielleicht der Unterschied zu ihren Kollegen, die nun hinter Laura etwas ratlos vor der Aufgabe der Schilderung saßen.

Laura indessen hatte ein anderes Problem; jetzt musste sie auf den ersten Anhieb etwas Gutes hervorbringen, sie hatte keine zwei Vorentwürfe Zeit, sie musste jetzt sofort abliefern.

Scheiße, es wird nicht perfekt, was wird Papa dazu sagen, wenn ich es wieder rausbekomme und es nicht sehr gut ist?

Die Ohren klangen ihr vor Angst und Aufregung.

Da hörte sie ein leises Flüstern: „Beginne, Schwesterchen! Schließe die Augen. Was hast du gestern gesehen?"

Gestern streunte sie in der Freistunde unerlaubt in einem der Schule benachbarten Friedhof umher... es lag Nebel. Hin und wieder blinkten frische Blumen gelbgolden auf... Das waren die Asphodelenhaine der Alten, so wie der Vater sie immer erwähnte, wenn er ihr die Sage von Orpheus erzählte.

Sie nahm ihren Stift und schrieb auf das linierte Blatt, das ihr ausgeteilt wurde:

„Im hintersten Winkel des Friedhofes, wo das Licht nur schwach durch das Geflecht der grünen Blätter dringt, liegt es, das alte Grab. Der von Moosen teils überzogene Sandstein bröckelt langsam. Es scheint, als würden unsichtbare Mäuse mit dem Zahn der Zeit ihn benagen wollen.

Wie stattlich und erhaben muss der Stein früher gewesen sein! Ebenmäßig wurde er vom Steinmetze geschaffen; geschaffen, um vergessen zu werden..."

Da zögerte sie. Was ist denn Vergessen? Was ist denn, wenn Verstorbene vergessen werden? Laura glaubte nicht wirklich an Gott, es wurde ihr nie vermittelt, aber sie hatte ein mitfühlendes Herz.

Oft besuchte sie in dem der Schule nahgelegenen Friedhof auch die Kirche, wenn sie Mittagspause hatte. Sie brauchte die Ruhe. Die Stille. Und sie fühlte sich geborgen. Da war noch etwas anderes als der Raum im Neo-Jugendstil dieser Sankt Sebastianskirche.

Immer setzte sie sich vorne rechts in die Bank, um ruhig zu werden. Warum genau dort, wusste sie nicht. Es war nur eine unendliche Kraft, die sie anzog.

Sie fuhr schreibend fort: „Doch wann wird der Geist des Toten in den Frieden der Seligen eingehen, wann das Heiligtum größten Lichtes erblicken?" Sie war so sehr in ihrer Anschauung gefangen, dass sie laut aufseufzte.

Hinten kicherten ein paar Mädels und eines, die propere Gerda, wisperte: „Jetzt geht ihr wahrscheinlich einer ab, oder? Die kanns halt ja nur beim Schreiben!"

„Oder beim Singen...sie singt ja seit einem halben Jahr Tenor...", brummelte Gerdas Banknachbarin Elli gehässig. Es war ein bäuerlich-vierschrötiges missgünstiges Ding mit feisten, rotblonden Haaren.

Laura rollte ihre großen Eulenaugen, schaute sich genervt um und brachte die vorlauten Kolleginnen mit einem Blick durch ihre dickbeglaste Brille zum Schweigen und konzentrierte sich wieder auf ihren Text.

Sie fuhr fort: „Derweil windet sich allerhand Rankenwerk am Fuße des Grabsteines vorbei. Auch ruhen sich ein paar Moospolster aus, müde vom frischen Grün, das sie ausstrahlen..."

Was ist Liebe? fragte sich die junge Laura. Ist sie wirklich so billig und so schnelllebig, wie die Tussen da hinten sie die sehen? Sich von einem Typen schnell mal vögeln lassen? Das alles machen die doch nur aus Notwendigkeit, aus Eitelkeit, um nachher prahlen zu können!

Sie wusste noch keine Antwort und schrieb weiter: „Der dunkelfarbene Efeu umarmt innig die Rose, die aus dem Grabe wild emporwuchert, ein Bild grenzenloser Liebe, die über den Tod hinausgeht."

Erneut seufzte sie auf, was ihre Klasskolleginnen nun mit lautem Gelächter quittierten.

Also, so eine Schamlose! Was die sich wieder denkt?

Die jungen Burschen schwiegen, indem sie nur von hinten einen Blick auf die vollkommen an ihr Schreiben hingegebene Laura riskierten. Das wäre schon ein Mädel, das man...naja, gut.

Laura hingegen schrieb: „Des Efeu und der Rose Ziel ist es, für immer zusammen zu bleiben, zu sterben. Lebe wohl, du Erde, du Tal der Tränen; der Freudentraum verwandelte sich in Schmerzen; es schließt der Himmel seine Pforten auf und unser Sehnen steigt empor zum Lichte der Ewigkeit."

Laura besah noch einmal ihren Text. Ok, dachte sie, der Schluss ist geklaut aus dem Finale von Verdis Aida, aber das muss ja keiner wissen.

Nun, wie kann man mit 14 Jahren Herbst und Vergehen schon beurteilen? Die anderen schreiben sicher irgendwas über fallende Blätter, auch in Ordnung. Aber mir ist das zu platt.

Ach Herrje, jetzt muss ich abgeben, shit, es ist nicht perfekt, was wird Papa dazu sagen, verdammt, ich glaub, ich hab total versagt, ich hab Angst... die anderen räumen auch schon zusammen, es ist Zeit. Moment, da liegt noch so ein Blatt auf meinem Platz...das nehm ich mit...kann ich als Schmierblatt hernehmen, ich hab ja wieder meinen Block vergessen.

3

Die nächste Stunde war Musik. Laura folgte dem Haufen ihrer Klasse und alle nahmen tüchtig schwätzend Platz in dem länglichen Musiksaale, dessen Fensterfläche den Blick freigab auf den Rotplatz und den parkähnlichen Pausenhof. Da aber im Musiksaal keine Tische vorhanden waren, sondern nur so kleine Pultchen, die an den Stühlen seitlich befestigt waren, geriet Laura in heilloses Chaos. Wie in aller Welt sollte sie nun die ganzen Blätter und Schriften zusammenhalten, von den Notizen für ihr Tagebuch ganz zu schweigen...

Also griff sie für die Mitschrift in Musik nach dem nächstbesten Blatt.

Es war jenes vom Ausweichklassenzimmer, wo sie soeben den Deutschtest geschrieben hatten. Sie entfaltete das Blatt. Ah, eine Testangabe für die Kollegstufe in Deutsch.

Doch dann las sie die ersten Zeilen.

„Interpretiere das folgende Gedicht von Rainer Maria Rilke aus den *Sonetten an Orpheus*[26] hinsichtlich formaler und inhaltlicher Aspekte."

---

[26] Gedichtzyklus von Rainer Maria Rilkes.

Laura las, während alles um sie herum quakte und schwätzte. Sie war flugs in ihrer Welt, sobald sie die ersten Zeilen sah.

Wolle die Wandlung. O sei für die Flamme begeistert,
drin sich ein Ding dir entzieht, das mit Verwandlungen prunkt;
jener entwerfende Geist, welcher das Irdische meistert,
liebt in dem Schwung der Figur nichts wie den wendenden Punkt.

Was sich ins Bleiben verschließt, schon ists das Erstarrte;
wähnt es sich sicher im Schutz des unscheinbaren Grau's?
Warte, ein Härtestes warnt aus der Ferne das Harte.
Wehe –: abwesender Hammer holt aus!

Wer sich als Quelle ergießt, den erkennt die Erkennung;
und sie führt ihn entzückt durch das heiter Geschaffne,
das mit Anfang oft schließt und mit Ende beginnt.

Jeder glückliche Raum ist Kind oder Enkel von Trennung,
den sie staunend durchgehn. Und die verwandelte Daphne
will, seit lorbeern sie fühlt, daß du dich wandelst in Wind.[27]

---

[27] Rainer Maria Rilke, *Wolle die Wandlung*, ein Gedicht aus *Sonette an Orpheus*, Zweiter Teil.

Die vier Elemente! Feuer, Wasser, Stein und Luft! Wie faszinierend! Das muss ein toller Dichter gewesen sein, dieser Rilke…Da drang die Stimme ihres Musiklehrers zu ihr.

„…Ihr müsst wissen, die alten Griechen sahen in Orpheus den Ahnherren der Musik…"

Seit der ersten Musikstunde liebte Laura den Lehrer wegen seiner sanften Stimme und seines Geigenspieles, das er manchmal präsentierte. Diese wunderschöne Geige betrachtete Laura oft, sie fühlte sich ihr verwandt. Sie hatte dieselbe zarte Stimme wie die Violine ihres damals angebeteten, älteren Schulkollegen Florian, eines Abiturienten. Damals war die Schülerin noch klein, jetzt war sie schon reifer und doch gleich sorglos wie ein Kind.

Nun war es eben die Geige ihres Musiklehrers, in der ihre verlorene Sopranstimme sang.

Und genau jetzt, zu Beginn der Pause, während andere noch zusammenpackten, ergriff der Musiklehrer seine Geige, schmiegte sein Kinn an das honig- und rubinfarbene Holz und spielte, er improvisierte einfach.

Oh Lied, träumte Laura hingerissen, als ihr die Zeiten und Ewigkeiten zu verschwimmen schienen,

Lied, bleibe bei mir, du bist meine Seele! Ich kenne deinen Dichter noch nicht, aber du meinst mich, das weiß ich... Lied, daure fort, bleibe an meiner Seele und es bleibe dein Dichter auch dort in meinem *Herz-Innenraum!*[28] Ich verspreche es dir, Lied: Ich werde mich dem hingeben, der *sich wandelt in Wind!*

Doch eines, Lied, versprich du mir: Schenke mir Menschen, die mit mir in den Wogen der Musik versinken, denen ich mich rein und ohne Begehrnis hinschenken darf! Lied, du hörst ja wie meine Kolleginnen sich wider mich gehaben und wie die Burschen sich Chancen ausrechnen...

Oh Lied! Bitte, schenke mir auch die Gnade, höchste Lust ohne alle Körperlichkeit erleben zu dürfen!

So flehte Laura, dieweil die jungen Burschen sie anzüglich musterten.

Und das Lied raunte: „Ja, geliebte Schwester..." „Danke, mein Bruder!" Unverzüglich tuschelten sie neben der gedankenversunkenen Laura, während sie ihre Sachen einpackten. „Hast du das gehört? Sie faselt was von einem Bruder! Jetzt spinnt sie wirklich ... die hat doch gar keinen Bruder!"

---

[28] Ein Begriff Rilkes, um die Innigkeit eines nicht sexuellen zwischenmenschlichen Verhältnisses auszurücken.

„Nö", machte Rosi, eine blondgelockte, schlaksig hochgeschossene früherblühte Schönheit, „aber einen wunderschönen Ring an ihrem Finger mit einem rauchblauen Stein, der ist sicher magisch, fünfeckig geschliffen ... Pentagramm und so! Pass nur auf! Das ist gewiss eine Hexe!"

Die kleine, pickelige, aber vollbusige Gerda rollte gespielt die Augen und entgegnete kichernd: „Ne, ne, das ist einfach so eine geile Sau wie wir, der ist doch jetzt bestimmt einer abgegangen, als er gegeigt hat...Is doch ganz normal! Klar, die will von ihm richtig rangenommen werden, diese doofe Schlampe! Und weißt du, was dann passiert, wenn die in der Kiste landen...Missbrauch Schutzbefohlener und so...dann sind wir beide endlich los!" Feixend verließen beide den Raum und knufften sich in die Seiten.

Natürlich bekam Laura diese Reden immer wieder mit und es wurmte sie gehörig.

Denn die leise Intimität, welche sie auch in den folgenden Jahren zu ihrem Musiklehrer hegte, konnte nicht von allen richtig gedeutet werden, immer wieder folgten den scheelen Blicken ihrer Mitschülerinnen dummdreiste Bezichtigungen, sie wolle ja mit dem Lehrer nur ins Bett. Is ja ganz normal: Ficken gehört einfach dazu!

Oh nein, sie wollte es allen beweisen, dass dem nicht so war!

So schrieb sie davon, wie sie des Musiklehrers Geigenspiel erlebte. Natürlich nannte sie keine Namen, das wäre töricht gewesen. Außerdem wollte sie zeigen, wie gut sie mit Worten und Sprache umgehen konnte, während die anderen nur dummes Zeug zusammenstopselten, wirklich wahr!

Es musste in die Schülerzeitung, damit alle es lesen konnten, anders hatte es keinen Sinn, dachte Laura.

Und so schilderte sie, wie sie während eines Konzertes zur Geige ihres Musiklehrers wurde. Es war die bloße, körperlose Phantasie der vollkommenen Auflösung einer Seele im Klang. Vollkommene vergeistigte pure Lust am reinen Dasein, das sich ungebunden von allem Hiesigen verströmte. Fluten waren sie, die sich in den endlosen Melodien mischten, Feuer, die emporzüngelten...

Leider bedachte Laura in ihrem Enthusiasmus nicht, dass Streichinstrumente symbolhaft als Instrumente körperlicher Lust missverstanden werden konnten.

Nun, möchte man sagen: Schlecht ist nur, wer Schlechtes dabei denkt.

Doch leider waren die meisten Leute, mit denen Laura zu tun hatte, schlecht und so kam es, wie die beiden Klatschtanten aus ihrer Klasse es sich bereits innig gewünscht hatten, allein, sie rechneten nicht mit Lauras reiner Liebe: Sie wollte keinen Skandal, sie schwieg.

Anstelle des Musiklehrers, ging sie von der Schule, ging in eine ungewisse Zukunft, fern von der Heimat...ihrer wahren Heimat, der Musik.

Das Erhabene ist ein Weggehen. Etwas von uns, das, statt uns zu folgen, seinen Abschied nimmt und sich an die Himmel gewöhnt.

Die höchste Begegnung mit der Kunst, ist das nicht der sanfteste Abschied? Und die Musik, dieser letzte Blick, den wir auf uns selbst werfen?[29]

Ist das nicht die innigste Liebe...?

---

[29] Rilke, Französische Gedichte, Insel-Verlag, S. 47, *Le sublime é un depart.* Frankfurt am Main, 2003.

5

Der Bub René wuchs zu einem zartgliedrigen, jungen Mann heran, der eine Ausbildung nach der anderen hinwarf. Der Militärdienst in St. Pölten war ihm zu hart, das Studium an der Handelsakademie in Linz zu geistlos. Er wollte kein Kadett und erst recht kein Betriebswirt werden.

So beschloss er, auf eigene Faust freischaffender Dichter zu sein.

Manch einer half ihm, er hatte einfach Glück, war bedürfnislos und ging mit Notlagen gut um, weil er genügsam war.

Einmal wurde er in München in einem schäbigen Zimmer über einem eindeutig zweifelhaften Etablissement untergebracht, er klagte nicht, wenn er immer wieder die halbseidenen Damen weiterschicken musste, weil sie sich in der Tür geirrt hatten.

Nun, hin und wieder behielt er sich eine für die Befriedigung eines menschlichen Bedürfnisses...

Ich dachte immer, sinnierte René eines Abends, nachdem eine der Damen wieder gegangen war, Dichten sei einfach. Doch für eine Zeile braucht es tausend Versuche. Erst wer über diese Schwelle hinweg ist, der darf ernsthaft zu dichten beginnen!

Aber an einem Gedicht arbeitet man nicht wie an einem Bildwerk, man kann es nicht herbeizwingen und wie die Figur aus dem Steine meißeln! Es gehört dir nicht. Du musst es dir in Demut erschweigen.

Und Musik...diese gestaltlose, sie ängstigt mich. Da erhob sich René wieder und setzte sich an den Schreibtisch, da der Brief an seine Freundin Sidonie noch nicht fertig war.

„Einmal, ja, wenn ich es wissen werde, dass ein Kern von Dasein in mir ist, den es nicht mehr mitreißt aus mir hinan von Weltraum zu Weltraum, wenn ich mich schwer genug fühlen werde, diesem Anheben und Hinnehmen, das Musik für mich ist: dann werde ich es durch mich hindurchschwingen lassen, so dass meines Körpers Umriss undeutlich wird für mich, und mein sicheres Inneres werde ich hinhalten wie in flüssiges Gold und es strahlend herausholen aus dem rückflutenden Bade – aber bis dahin ist die Musik eine Gefahr für mich..." [30]

---

[30] Aus Rilkes Brief an Sidonie von Nadherny, 1908.

6

Viele Jahre waren vergangen. Laura war als Lehrerin an manchen Orten gewesen.

Gewiss liebte sie das Unterrichten, sie war von ihren Gegenständen so begeistert, dass sie die meisten Schüler mitzureißen vermochte, wenn sie erzählte und lehrte; doch an jedem Ort fehlte ihr eines: die ferne Heimat. Noch dazu musste sie gegenwärtig die völlig uninteressierten Muttersöhnchen der bayrischen Hauptstadt unterweisen, deren Hirne eher einer Baustelle glichen. Rotweißes Flatterband sollte man ihnen um den Kopf binden, dann ist jeder gewarnt vor diesen Kaprizenschädeln.

Manchmal seufzte sie auf, wenn sie, übermüdet, sich den fruchtlosen Wortgefechten dieser Halbstarken ausgesetzt sah. Doch sie besann sich immer. Eigentlich war sie damals als Jugendliche um keinen Deut besser, darum wies sie die lediglich Schüler zurecht, nahm aber nichts persönlich. Die müssen erstmal so richtig auf die Schnauze fallen, dachte sie bei sich, dann kann man vielleicht später was mit ihnen anfangen, dann kommen sie alle dahergekrochen. Sie sprach aus eigener Erfahrung.

Wenn sie doch damals nicht in der Schülerzeitung die Liebe zu ihrem Musiklehrer besungen hätte...

Dennoch verlangte es sie wenigstens am Wochenende nach ein wenig Erholung.

Darum pendelte sie auch immer mit den Öffentlichen in ihre liebe Heimat, was die Sache im Ende aber nicht besser machte; denn die Unbilden folgten jeder Reise auf dem Fuße.

Verdammte Bahn, fluchte Laura auch heute wieder. Ihre Zuglinie wurde eingestellt, weil es den Bediensteten der DB in den Sinn gekommen war, um einer Lohnerhöhung willen die Arbeit niederzulegen.

Demnächst, brummte sie, lege ich auch die Arbeit nieder! Was soll denn das? Die bewirken genau das Gegenteil, da fährt doch keine Sau mehr mit dem Zug!

Gleichviel, ihr Schimpfen brachte nichts, sie musste sich in München ein günstiges Hotel suchen, wenn sie am nächsten Tag zuverlässig in der Schule erscheinen wollte.

Schließlich fand sie eines mit dem leicht morbiden Charme der Belle Epoque. Das gefiel ihr. Auch die Eule auf dem Logo lud sie ein, hier ihr Quartier zu beziehen. Eulenbehausungen sind gut, dachte sie und tappte sich nach dem Einchecken bei spärlich flackerndem Licht im blaugekachelten Treppen-haus die knarzenden Stiegen hinauf.

Na super, das kann ja eine Nacht werden!

Doch entgegen ihren Befürchtungen waren die Zimmer neu gestaltet und schön hergerichtet.

Laura nutzte ausgiebig die Dusche und begab sich nach moderatem, aber ordentlichem Biergenuss ins Bett. Danke Eule, wisperte sie und wusste nicht, was in dieser Nacht noch ihrer harrte. Fast augen-blicklich fiel sie in tiefen Schlaf.

Sie erwachte erst, als jemand flüsternd rief.

„Sisi, Schwesterchen!"

Sie richtete sich auf und rieb sich die Augen und sah einen feingestalteten Mann neben sich auf dem Bette sitzen, den zu kennen sie meinte und der sie immer nach seiner verstorbenen Schwester nannte. Sie fasste sich ein Herz und raunte: „René...mein Bruder? Du bist es?"

Der Mann wandte sich zum Fenster, durch das der Vollmond leuchtete.

„Ich bin es, Liebe! Ich habe, Sisi, zwei Fragen: Liebst du deinen Beruf? Und: Was liebst du mehr?"

Diese Worte erschütterten Laura; denn gewiss hatte sie sich schon oft gefragt, was zum Henker sie ausgerechnet in München machte, wo sie unter so widrigen Umständen leben und arbeiten musste. Jedes Wochenende fuhr sie fast sieben Stunden mit der Bahn – falls die zuverlässig war – in ihre österreichische Heimat zurück, nur, um dort bei der Chorprobe und beim Gesange in der Messe wieder genug Kraft für eine Woche zu schöpfen.

Auch die so rücksichtsvolle Orgelbegleitung des Musikers Wolfgang Galler, während sie nächst des Altares vorsang, sänftigte Lauras Seele angesichts der Rohheit, welche sie seitens der halbwüchsigen, präpotenten Großstadtknaben, die sie unterrichten musste, wieder zu erwarten hatte.

Doch alle Energie und tiefempfundene Schönheit waren bei der sonntäglichen Rückfahrt nach München schon wieder halb verbraucht und so sehnte sie sich bereits am Montag nach dem Freitage, da sie wieder beim gottgläubigen, inspirierten Galler singen durfte und mit Gleichgesinnten im Chor zusammentraf.

Kurzum, es war ein Jammer. Aber sie war standhaft, weil mit diesem angesehenen Beruf des Lehrers Festigkeit in ihr Leben kommen könnte. Sie sah es ja bei ihren Kollegen. Lehrertum bedeutet Stabilität, Sicherheit.

Da raunte es.

Was sich ins Bleiben verschließt, schon ists das Erstarrte;
wähnt es sich sicher im Schutz des unscheinbaren Grau's?
Warte, ein Härtestes warnt aus der Ferne das Harte.
Wehe -: abwesender Hammer holt aus!

Plötzlich waren diese Worte in ihrem Herzen, es schauderte sie so sehr, dass sie die Decke fester um sich wickelte.

„Sisi...?" hörte Laura ihren geisterhaften, nächtlichen Besucher. „Ja?" flüsterte sie nun voll Bangen, die eigene Wahrheit erkennen zu müssen.

„Gute Schwester, liebst du?"

Laura richtete sich in dem fremden Bette auf und schaute schlaftrunken, schlafsuchend dem fremdvertrauten Herren in die verschatteten Augen.

„Ja, mein lieber Herr Bruder, ich liebe...ich liebe ohne Begehrnis...ich habe immer ohne Begehren wahrlich geliebt, ich liebe einfach...liebe, ohne zu wollen...bekomme mehr als...ertragen."

Da sank sie zurück in ihr Polster.

Sie begann zu träumen.

Heute früh, da war sie noch in der Heimat; nach der heiligen Messe erklang zum Auszuge aus den Händen des Organisten Galler Bachs Dorica, eine wunderbare Toccata, die unmittelbar wie aus einer anderen Welt hervorzubrechen scheint. Da warf Laura von Lust ergriffen das Haupt in den Nacken und seufzte laut auf, sobald sie die Anfangstöne hörte.

Seit wenigen Jahren, da sie in ihrer Heimat Vorsängerin der gottesdienstlichen Gemeinde wurde, fasste sie sich ein Herz, um sich der Musik wieder hinzugeben.

Im Tschechischen heißt das Wort für Vorsängerin „Kantorka", das erinnerte Laura an ihre Arbeit mit den jungen Kindern im Fache Deutsch, wo sie gerade eine Erzählung besprachen, in der eine Vorsängerin ohne Namen einen verwunschenen Jüngling und seine Freunde von ihrer Rabengestalt und aus der Macht des Bösen erlöst.[31] Wie oft versteckte sie im Unterricht die Tränen, da von der Kantorka die Rede war! Die konnte als einzige die Gefühle des Liebsten erspüren und deuten...

Es geht, träumte sie, es geht um die Bereitschaft, den anderen ganz einzusehen, ihn an das eigene Herz zu nehmen...Manchen gelingt das mit den Augen, anderen mit dem innigen Anschauen der Seele des jeweiligen Gegenübers.

„Wie", flüsterte es, „wie kannst du es?"

Laura rollte sich auf der Suche nach einer Antwort in dem großen Hotelbett herum, ehe sie wisperte: „Ich denke in jenen, die mit mir singen und jene denken in mir. Im Gesange ist vollkommene Wahrheit in Gott. Dort sind Liebe und Vertrauen."

Wolfgang Galler, dachte sie traumumfangen, du bist der Rilke des Orgelspieles und des Gesanges, so zart, verletzlich und doch so kraftvoll. Anders kann ich es nicht beschreiben, all meine Kunst ist hilflos. Doch vielleicht muss ich die Worte, welche dich meinen, mir erst erschweigen... So lasse ich mich los, auf dass du mich ergreifst im Gesange an der Orgel, um mich wieder in diese Weiten zu führen!

---

[31] Gemeint ist Ottfried Preußlers *Krabat*.

Hin zu den seligen Weiten, wo das Unvergängliche seinen lieben, vielgeprüften Geistern die Pfade des nievergehenden Friedens weist.

René Marie, ist es das, was du intransitive Liebe nanntest? Ist das der *reine Bezug*?

Wer sich als Quelle ergießt, den erkennt die Erkennung; und sie führt ihn entzückt durch das heiter Geschaffne, das mit Anfang oft schließt und mit Ende beginnt. ...

Sind dann, dachte Laura, der Musiklehrer und der Kantor ähnlich oder in meiner Seele durch die Musik eines?

Plötzlich war René wieder in ihren Gedanken.

„Ja, das ist es, was ich im Ende nie genießen konnte...ich habe immer noch die Angst, mich zu verlieren...*Musik*...“

„*Sprache*...“ seufzte Laura ...

Darein verwoben sich die Worte Renés: „...*wo Sprachen enden*...“

„*Bewohnbar!*" seufzte Laura, ehe sie in todestiefen Schlaf sank. [32]

[32] Zusammengesetzt aus Passagen des Gedichtes *An die Musik* Rilkes.

7

Nach vielen Jahren der Unbehaustheit, wollte Laura endlich in ihrer Wahlheimat, in der sie immer nur wochenendes weilte, dauerhaft sesshaft werden. Sie war es leid, eine Getriebene sein zu müssen, also verwendete sie die Ersparnisse ihres Lehrerdaseins dazu, aus einer kalten, abgewohnten Bude der 60er Jahre ein schönes Zuhause zu machen.

Doch die Arbeiten schienen unter keinem guten Stern zu stehen. Der ganze Bautrupp war unglaublich schlecht organisiert, die eine Hand wusste verheerenderweise nicht, was die andere tat. Laura musste daher oft auf der Baustelle sein und selbst hart arbeiten, anstatt die wohlverdienten Ferien zu genießen, darüberhinaus ärgerte sie sich mit missgünstigen Nachbarn herunter, einem Grantscherben und einer Zwiederwurzen, wie man solche Leute in ihrem Heimatdialekt zu nennen pflegte.

Wer zahlt schafft an, sagt man, und wer nicht genug Kohle hat, muss anschaffen gehen.

So kam es, dass Laura eines Tages in ihre zur Baustelle umgestülpte Wohnung heimkam, in der sich Dreck und Gerätschaften nebst Bauutensilien nur so türmten.

Die Fliesenleger standen mit Bierdosen in der Hand untätig herum und grinsten dümmlich, als Laura entsetzt auf deren Werk starrte.

Seit drei Wochen lagern sie schon den ganzen Dreck in ihrem Wohnzimmer beim notdürftig abgedeckten Perserteppich und mischen den Fliesenkleber an, ohne den Parkettboden zu schützen.

Und was war geschehen? Annähernd nichts. In drei Wochen ein winziges Bad verfliest. Reife Leistung.

Nun platzte Laura der Kragen.

„Ja, was geht denn – Nix, wenn ich euch so sehe, außer scheiß Fressen und Saufen bringt ihr nix zuwege, ihr Lumpenpack! Seids ihr überhaupt angemeldet? Naa, wahrscheinlich arbeitets ihr schwarz wie die Nacht, falls ihr verdammt noch mal irgendwas arbeitets! Ihr machts jetzt fucking durch bis morgen früh, ihr Dreckswichser, sonst seht ihr keinen einzigen verfickten Cent von mir! Ich will morgen die scheiß Küche fertig sehen! Na los, was stehts ihr so deppert herum, bewegts endlich eure beschissenen Ärsche!"

Da kam der Chef der bestürzten Bande auf Laura zu, die ihn unerschrocken und zornig anstierte.

„Gehn ma Schlafzimmer jetzt mir zwa und mir sind morgen fertig."

Laura wusste, was das hieß. Sie sandte dem staubigen und mörtelbeschmierten Kerl einen verächtlichen Blick zu, darauf verschwanden beide im Separee.

Nach fünf Minuten ging die Tür wieder auf und Laura stieß den Chef der Bande hinaus.

„Hoffentlich kannst du besser Fliesenlegen als Ficken! Los, an die Arbeit!"

Seit ihrem Studium war Laura es gewohnt, mit ihrem Körper zu zahlen oder aus Mitleid sich hinzugeben in Lagerhallen, Betten, auf Wiesen und auch Pritschenwagen. Ihre Beischläfer waren Arbeiter, Kollegen, Professoren, BWLer, Gassenjungen, Strolche, Informatiker, Tunichtgute, Geigenbauer, aber auch ihre Freunde, die sie gern hatte. Das war vielleicht teils Notwendigkeit, teils Hoffnung auf Lusterfüllung, jedoch blieb diese jedesmal aus.

Ihre wahre Lust war anders.

Die suchte sie in der Musik und fand sie dort immer wieder. Eine Lust, die ihr Herz mehr erfreute als all das Herumgeschnacksel, dem sie im Grunde nichts abgewinnen konnte.

Und nur, um lange Zeit dort wohnen zu können, wo Herz, Seele und Geist diese unendliche Lust finden würden, ertrug sie die plumpe und freche Verrichtungsweise dieses Fliesenlegers.

Aber immerhin war die Bande am nächsten Morgen wirklich fertig.

„Wow, ist richtig schön geworden!", freute sich Lauras Kumpel Andi einen Tag später.

Sie grinste verbittert und meinte nur: „Mhm, hat mich auch Einiges gekostet!"

8

Laura machte sich des Sonntags auf den Weg zu ihrem Amt als Kantorka in die Kirche ihrer Heimat.

Es war ein strahlender, doch eiskalter Oktobermorgen und die nasse Kühle, die in ihre Glieder kroch, ließ sie das Wolltuch auf ihrem Kopf fester um sich ziehen.

Ja, René Marie, dachte sie auf dem Weg, du hast es bei Benvenuta erlebt: Sie wollte nicht deinen Geist, sondern nur deinen Leib.

Sie lockte dich mit Musik, du ließest dich anfüttern in der Hoffnung endlich einen Zugang zu dem dir unbekannten Element zu erlangen.

Ach, Bruder René, du hast dein innigstes Empfinden vor Benvenuta, dieser Virtuosin am Klavier und in der gehobenen Gesellschaft ausgebreitet, alles, was du dir von Musik je rein erhofftest! Und sie wollte nicht das Geniale von dir, nur das Bürgerliche, das zu geben du nicht bereit warst... So schauderte es dich fortan vor Musik. Ich kannte auch einen Benvenuto...

Lauras Schritte beschleunten sich, sie sah auf die Uhr.

Es war ihre Unart, immer erst dann loszugehen, wenn sie eigentlich schon hätte da sein müssen.

Die Grenze, dachte sie unterwegs, zwischen reiner, intransitiver Liebe und körperlichem Begehren ist gerade unter dem Zeichen der Musik so schwer zu fassen, weil sich die Intensität der Empfindung der gleichen Gehirnwindungen und derselben Nerven-verbindungen zu den bestimmten Körperregionen bedient. Da rutscht einem schon mal das Herz in die Hose, nicht nur sprichwörtlich, sondern tatsächlich.

Das muss man so ehrlich sagen. Dennoch ist die Musik bei jedem, der sich ihr ganz hingibt, der Weg zum Geliebten im Raume der Töne. Du, mein lieber Bruder René, würdest es „*Herz-Innenraum*" nennen.

Wer aber die Musik nur als Mittel ansieht, um ein Begehrtes zu gewinnen, der wird scheitern. Darum verlor Orpheus aus Eitelkeit und letztlich aus Selbstverliebtheit in seine Kunst Eurydike. Seine Eurydike?

Niemals! Niemals Seine!

Oder anders ausgedrückt, so vulgär, wie es der Um-stand verdient: Wer sich bei der Musik innerlich ei-nen abwichst, hat eh schon verloren. Er ist nicht bes-ser als der lüsterne Apoll, welcher der Daphne

nachsteigt, um sie als Weib überwältigen zu können.

Wer sich aber von den Tönen, die nichts als klang-
und geisterfüllte Luft sind, selbstlos beschlafen
lässt, der ähnelt Daphnen. Erlebt höchste Lust in
seiner Seele, ohne je begehren zu müssen.
So dachte sie, und wie ein Blitz durchgingen sie alle
die Momente jenes besonderen Empfindens...

Der Musiklehrer und sein Geigenspiel...es war die
erste zarte Umsponnenheit ihrer jugendlichen Regungen...

Und nun...

Laura überschritt die Schwelle der Kirchensakristei.

Der blonde, spärlich strupphaarige Kantor Wolfgang Galler trat mit dem freundlichen Lächeln seines schmalen van-Eyk[33]-Gesichtes an sie heran und
im gleichen Momente schloss sie die Augen wie im
Traume.

Er ist nicht schön im eigentlichen Sinne, aber im
Herzen unendlich wohlgestaltet. Seine Schönheit ist
jene der im Inneren der Erde verborgenen Edel-
steine... Laura vernahm, wie die sie umgebende

---

[33] Jan van Eyk, Maler der flämischen Renaissance.

Luft mitten im Herbste schwer wurde vom Dufte einer eben gemähten Wiese, wie milchiger Löwenzahn, als der Kantor sich näherte.

Ich möchte seine Augen ergründen, wähnte Laura sehnend, ... welche Farbe... Aber ich traue mich nicht, ich getraue mich nicht, ihm je in die Augen zu sehen. Stets schau ich daran vorbei. Ich kann nicht. Aber ich muss, weil ich will.

Nein, nie wird er zum Raube meiner Sinnlichkeit werden, dachte Laura. Aber wer weiß, was sich abseits des Körperlichen zu ereignen vermag. Ich könnte ja zu schreiben beginnen...

„Laura, heute ist das zu singen..."

Der Kantor Wolfgang Galler reichte ihr das Buch und schlug die Seite auf.

„Ein neues Gebot gebe ich euch: Liebet einander, wie ich euch geliebt", wisperte Laura, den Vers des Evangeliums halblaut vor sich hinsingend.

Ja, sie würde ihre über die Jahre wieder erarbeitete, frauliche, sinnliche und zugleich mädchenhafte Stimme erheben vor dem Kirchenvolke.

Wie versteinert stand sie dann da, aber wie ein innerlich bebender Stein. Sie versuchte ruhig zu bleiben, doch die Macht der Liebe überwältigte sie und sie wusste, dass heute nichts so sein würde wie die scheinbar geordnete Welt der Umgebung es je verstehen würde.

Schreiben ist vielleicht doch keine so gute Idee... Vielleicht wäre es klüger auf immer davon zu schweigen...

Sie erinnerte sich an das Ungemach der Jugend, an die Vertreibung aus dem Paradiese mit ihrem Musiklehrer, aus der seligen Anschauung durch eigene Schuld, doch sie wusste, um wie viele Schmerzen sie nun dem gegenwärtigen Erleben voran war. Sie wusste um die Lauterkeit des Begehrens, das sie damals wie heute empfand. Sie wusste aber auch um ihre Abgründe.

Doch sie wusste vor allem um ihr Lieben, ihr intransitives Lieben. Lieben ohne erfülltes körperliches Begehren, Lieben um des Liebens willen in der Musik, vollkommenes orpheisches Dasein.

Wie würde Laura nun mit den Worten ihres Bruders René sagen?

Es sind nicht Erinnerungen, die, in mir, dich erhalten;
du bist auch nicht die meine durch die Kraft eines schö-
nen Begehrens. Was dich gegenwärtig macht, das ist der
ungestüme Umweg, den eine leise Zärtlichkeit in mei-
nem Blut beschreibt. Ich bin ohne Bedürfnis, dich erschei-
nen zu sehen; es hat mir genügt, geboren worden zu sein,
um dich ein wenig weniger zu verlieren.[34]

Danke, René, so kann man es ins Wort bringen.

Doch in diesem Moment drängte sich Bruder René
Marie an ihr Herz und blickte sie im Inneren mit seinen Schattenaugen an. Er hatte nur eine Frage:

Wag ich es, werf ich mich?[35]

Und sie sang.

Und da war der Augenblick, da sie im selben Atem-
zuge mit dem Kantor für das Alleluia unten ein-
setzte, obgleich viele Meter durch den Raum dieser
Kirche sie trennten und doch ein Vertrauen sie
einte.

Lass mich, René, lass mich dir die Schönheit der
Musik durch meine Hingabe erzählen! *Die Rückseite*

---

[34] *Portrait interieur*, aus Rilkes französischen Gedichten
[35] Aus Rilkes *Seele im Raum.*

134

der Musik,[36] in die ich dich tragen will, hin zu der *Zeit, die senkrecht seht auf der Richtung unserer vergehenden Herzen!*

Ein Atemzug...während des melodischen Verses ergriff beide, Kantor und Kantorka, das vollendete Zusammenspiel aus der gegenseitigen und vertrauensvollen Einfühlung in den Geist Gottes.

Da nach der Messe alles gesungen und der Segen erteilt war, überwölbte Laura ein Klang von oben her. Wolfgang spielte.

Laura eilte durch den Mittelgang des Kirchenschiffes hinauf, sie schleppte sich die ungefügigen, steinernen Stufen hinan zur Empore und blieb schweratmend an einer abgelegenen Stelle stehen.

Jetzt lass dich los, mein Kantor, flehte sie, singe endlich wieder an der Orgel!

Mit einem Seitenblick sah sie Gallern, auf dessen träumenden Antlitz sich die Sonne eines fernen Landes spiegelte, in das sein Herz für diesen Moment zu schauen wagte.

---

[36] Rilke in einem Brief vom 17.11.1912. Ich weiß aber nicht mehr, an wen.

Vor ihm lagen keine Noten. Er improvisierte.

Laura rang um Luft. Sie musste sich an der Lehne eines Sessels festhalten, weil ihr die Unmittelbarkeit der Musik beinahe die Sinne raubte. Bitte trage mich...trage uns, mich und René Marie! flehte sie.

Und augenblicklich verwandelte sich ihre Seele unter den Klängen der Orgel in einen fremdländischen, kühnen Vogel, einen Rußsegler an den Hängen bei den stürzenden Wasserfällen im Lande eines fernen Kontinents. [37]

Den Hauptstrom, der sich die Klippe hinabwirft, umspielen viele kleinere Wasserfälle, die daneben zu Tale eilen, nicht so mächtig, aber doch gewaltig im Verein mit ihrem großen Vaterflusse. Die Wasser stäuben fein, indem sie ihren von purer Kraft getriebenen Weg nach unten finden.

Und da sind die zwei kleinen Rußsegler, deren Eltern das Nest in der hinteren Wand des hinuntertosenden Stromes gegründet haben. Ja, sie waren sicher vor jedem Räuber, niemand konnte sich Zutritt verschaffen. Der herabschäumende Fluss bot ihnen Schutz. Dort waren sie geschlüpft.

---

[37] Gemeint sind die Wasserfälle des Iguazu.

Aber nun, da sie selbst ins Leben sollten, mussten diese Jungen diese Wand aus rauschendem Wasser durchfliegen. Vor Angst pocht den jungen Vögeln das Herz. Heute noch müssen sie hinaus.

Das kleine Vogelmädchen wagt sich zuerst an die glitschige Kante der Felsenhöhle und die Ströme fluten auf sie ein. Die Macht der Wasser versetzt sie in einen hilflosen Zustand, sie donnern von oben her mit unerbittlicher Gewalt auf das Kleine hinab. Doch es gibt für sie nur ein Voran, hin zu den Wäldern jenseits dieser Wand aus tosenden Wassern.

Kaum vermag sie ihre Schwingen zu bewegen, doch als sie flatternd dem Schwalle entkommt, liebt sie ihn, den Strom, da er ihr weiterhin Schutz geben würde. Sie kämpft sich hindurch, um auf die andere Seite des Wassers zu gelangen.

Nun gilt es den Bruder zu rufen.

Allein, er zögert, ist angstvoll nicht bereit, das feuchte Gefieder zu spreiten, um durch die Stürze des Wasserfalles zu fliegen.

Bruder, komm heran, es ist nicht schwer, lockt ihn das Rußseglermädchen.

Ich trau mich nicht, piepst der andere Kleine durch den Schwall der Wasser.

Lieber, du bist stärker als ich, das kannst du, beschwört die Schwester ihn, immer an der wogenden Wasserfront des Falles entlangflatternd und nach dem Bruder rufend.

Und plötzlich kommt der kleine Vogel herausgeflogen aus dem Schwalle des Stromes, schüttelt die Schwingen und tanzt voll Ungläubigkeit über das, was er soeben geleistet, in stolzem Fluge, die Wasser von den Fittichen abschüttelnd mit seiner Schwester in den Lüften umher.

Schwesterchen! ruft der kleine Rußseglerjunge, da bin ich! Es ist die *Musik, die senkrecht steht auf der Richtung vergehender Herzen!*[38]

So fliegen sie in das Leben, während der gewaltige Fluss in ihrem Rücken donnert. Fortan würden sie ihn immer und ohne Angst durchqueren können und sich von ihm verschlucken lassen, um auf der anderen Seite in Sicherheit vor den Feinden des täglichen Lebens zu wohnen.

---

[38] Aus An die Musik.

In diesem Moment endigte der Kantor seinen Gesang an der Orgel. Selig erschöpft lehnte er sich nach vorne, um die gezogenen Register am Spieltisch zurückzuschieben.

Laura wandte sich ihm vorsichtig zu. Sie zögerte, wie gewohnt zu ihm zu gehen.

Was sie soeben hörend und im Geiste sehend erlebte, war besser als jeder Bach, es war ein reißender Strom, in dem sie dennoch geborgen war vor all dem Ungemach der Welt.

Schließlich tappte sie auf Kantor Galler zu, dessen Erscheinung von den ersten Strahlen der Morgensonne freundlich erhellt wurde.

Jetzt, ermunterte Laura sich selbst, jetzt wage ich es!

„Es war wunderschön, ich durfte wieder träumen...", flüsterte sie. Laura begann indessen zu zittern, sie hatte sich ja etwas vorgenommen...

Der Kantor hob den Blick, bescheiden und zurückhaltend lächelnd; sein lichtblondes Strupphaar sträubte sich nicht gerade ausgiebig um sein Haupt; da sah sie zum ersten Male seine Augen. Sie glichen jenen kostbaren Kleinodien, die in den Tiefen der

Erde schlafen. Verwirrt schaute Laura nieder auf ihren Ring, den sie seit Jugendtagen trug. Der fünfeckige Stein hatte dieselbe Farbe.

Nach einem letzten Hinsehen zu des Kantors Augen, stolperte sie recht unbeholfen die steinerne Treppe hinunter in den Kirchraum. Das Empfinden war zu viel für sie, wie auch der Zwiespalt des Schreibens, der sie überwölbte. Sollte sie nun oder nicht? Wie jemals Musik in Worte übersetzen? Worte werden der Musik doch nie gerecht, nur Bilder!

Da sang es ihr in der Seele, ganz leise.

Wenn man nämlich als Dichter *die Melodie der Unendlichkeit auf denselben Tasten spielt, auf denen die Hände der Handlung ruhen, dann heißt es, das Große und Wortlose zu den Worten herunterzustimmen.*[39]

Lauras geliebter Seelenbruder gab ihr jene Worte, derer sie in dem Momente ermangelte. Und er antwortete in seiner Weise: „Ich danke dir so unendlich, du hast mich der Musik anvertraut! Nun habe ich keine Angst mehr!" So jubelte Renés Seele.

---

[39] Aus Rilkes Französischen Gedichten.

Wie immer schritten beide, Laura und der Kantor zusammen durch den Mittelgang des Kirchenschiffes in Richtung Sakristei. Laura empfand dieses liebgewonnene Ritual genauso wie die Musik zuvor als intime Möglichkeit, jenseits der immer verräterischen Worte mit diesem brüderlichen Manne stille Zwiesprache halten zu können.

Sie näherten sich dem Altare.

Da fiel Lauras Blick auf einen mickrig kleinen orangefarbenen Kürbis, der anstelle eines Blumengesteckes vor dem Altartisch etwas verloren und hilflos herumstand. Erntedank bei kärglicher Ernte? Ja, das sollte es geben. In der lateinischen Liturgie wird an Erntedank und in Totenmessen derselbe Psalm zum Einzug gesungen... *Dir, Herr gebührt ein Loblied auf dem Zion...* [40] Ja, der Herr hat auch seinem Sensenmann aufgetragen, zu mähen und die Erntegarben in die Scheuer Seines ewigen Reiches einzufahren. Wie viele Dichter und Schriftsteller haben ihr Bestes gegeben, wie viele haben ihre Talente eingebracht, um nachfolgenden Menschen Mut und Zuversicht zu geben! Und wie viele sind von ihrer Umwelt geringgeachtet und gar verhöhnt worden!

---

[40] Psalm 64, Vers 2.

So wie manche von ihnen bin ich, nicht besser als dieser verhutzelte Kürbis, um dereinst eine dürftige Ernte abzugeben für den, der mir das Leben in Fülle schenkte, dachte Laura bitter. Was habe ich schon fertiggebracht? Nichts. Ich habe nur ehrbare Männer wie meinen Musiklehrer inkommodiert mit meinem Dasein, indem ich schrieb. Das kann es nicht sein! Ich darf es nicht mehr... und doch, ich muss schreiben! Es ist mir auferlegt. Der Herr hat mir dieses Talent verliehen.

Aber nein: Besser ist das Schweigen, ich muss schweigen, dachte sie verzweifelt und hin und hergerissen, da sie einen erneuten verstohlenen Seitenblick auf Gallern wagte, ich muss mir die Worte erschweigen, mit denen ich ihn je beschreiben darf ... aber „Beschreiben", dieser Begriff geht fehl... Ich will, ach Herr, Herre Gott!, ich werde, ich muss ihn singen! Und wenn es nur mit meinem dürftigen, halben Sopran sein sollte in eigenen Liedern, und ich muss ihn singen und schreiben mit meiner allzu fürwitzigen Feder...!

Während der wenigen Schritte und der Verneigung vor dem Allerheiligsten vergingen nur Sekunden.

Des winzigen Kürbis ansichtig, konnte sich auch der freundliche Kantor ein Grinsen kaum verkneifen; Laura zeigte im Gehen nur kurz auf das kleine Gemüse, das dort sein jämmerliches Dasein fristete.

„Dachte ich auch grad!" kicherte Galler als könne er Lauras Gedanken einsehen.

Sie wagte einen erneuten Blick zu ihm. Nein, er ist wirklich nicht schön, aber er ist bezaubernd in seiner Hingegebenheit an die Welt der Töne. Sie hoffte, dass er sie dort, in dem fernen Reiche der Musik ertrüge.

Und da nahm sie es sich wirklich vor, weil kein Weg daran vorbeiführte: Sie würde wieder schreiben. Diesmal aber mit mehr Bedacht und in geziemender Zurückhaltung, doch mit der gleichen innigen Liebe, die beinahe schon schmerzt. Eine Liebe, die Laura durch ihr bisheriges Leben trug, die Vergangenes und Gegenwärtiges stets zusammennimmt.

Eine intransitive Liebe, die jenes zerbrechliche Empfinden, welches keinerlei Überschreitung des Statthaften duldet, immer in sich bergen wird.

In diesem Moment der Verabschiedung aber hätte sie sich so gerne an Wolfgangs Herz geflüchtet, um ihn, diesen seelenvollen und begnadeten Musiker zu umarmen.

Mühsam nur meisterte sie sich. Laura beschloss, alles andere, was sie in dem Augenblicke anfocht, für den Gesang sich aufzuheben, jenen einzigen, der niemals je Teil der gedeuteten Welt sein würde.

Nur das eine wagte sie; denn obwohl Laura schon seit gut acht Jahren mit ihm sang, reichte sie dem Kantor nun das erste Mal die Hand zum Abschiede. Angenehm kühl und glatt, ja vielleicht sogar vorsichtig anschmiegsam erwiderte seine Rechte diese ungeschickte Berührung ihrerseits.

Dass jedoch er, Wolfgang Galler, immer gelassen auf alles Schreiben und Lieben Lauras vorbereitet sein würde, *das mit Anfang oft schließt und mit Ende beginnt,* … dieses setzte sie allerdings stillschweigend voraus.

Ein Zeitenprisma[41]

„Wo hundert Wege warten,
Herz, welchen muß ich gehn?
Wo tausend Stimmen locken,
Herz hilf mir! Hilf verstehn!

Hans Franck,
„Kränze, einem Kind gewunden"[42]

Wohl jeder literarisch- und geschichtlich empfind-
same, lyrikaffine Mensch (Oh! Wie viele Homo-
BRDensis gibt es doch, die es durchaus nicht sind!)
stellte sich einmal vor, mit den verehrten klassi-
schen Meister-Autoren im persönlichen Gespräch
zu sein ...

So schafft die Autorin mit ihrer Erstveröffentli-
chung ein Zeitenprisma im Spiel von Gegenwärti-
gem und Vergangenem: In alternierenden Perspek-
tiven kommen neben den Personen der

---

[41] Franck, Hans: Zeitenprisma. Dreimaldreizehn Geschichten. Novel-
len. München. 1932.
[42] Aus: Franck, Hans: Kränze, einem Kind gewunden. Lyrik. Der Garten Eden. 32 S. Dortmund. 1922.

jetztzeitlichen Protagonisten vollendet die Dichterstimmen der Vergangenheit im Zwiegespräch zur Geltung.

Elisabeth Thaler vermeidet den plakativen Dualismus von Gewesenem und Aktualität ... ihre beschriebenen heutigen Menschen bewegen sich mit instabiler Ausgangslage (nicht schön, nicht reich, nicht erfolgreich) gänzlich im allgegenwärtigen und gleichwohl gefährlichen Räderwerk zivilisatorischer Normen.

Trotzdem oder gerade deswegen haben diese den *Kairos*, den idealen Augenblick, die gute Gelegenheit ergriffen, aus ihrer linearen Zeit auszubrechen und mit den, in ihre Täglichkeit hereinbrechenden, historischen Gestalten mehr oder minder in reiner und ruhiger Harmonie zu kommunizieren.

Um als Autorin zu arbeiten, muss man viele Eigenschaften mitbringen, wie die amerikanische Essayistin Claire Dederer sagt: „Talent, Klugheit, Durchhaltevermögen. (...) Aber die wichtigste dieser Eigenschaften ist der Egoismus, die Tür vor der eigenen Familie zu verschließen. (...) Der Egoismus, die reale Welt zu vergessen, um eine neue zu erschaffen. Der Egoismus, echten Menschen ihre Geschichten zu stehlen. Der Egoismus, das Beste von sich selbst den Lesenden zu geben (…)."[43]

Insofern ist Elisabeth Thaler eine wahre, wahrhaftige Autorin: Ihr Debüt – Erzählungsband gibt uns als Leser diese neue Welt insofern, als dass die Grenzen zwischen gegenwärtiger Realität und dem erzählerisch bruchlos integrierten Grenzbereich des Fiktionalen sympathisch aufgeweicht werden. Ein wahrliches Zeitenprisma, in welchem der Ur-Wunsch der persönlichen Begegnung mit dem vergötterten Autor für die Protagonisten für den Augenblick eines Zwiegespräches erfüllet wird …

Sie erzählt es uns im trefflichen Plauderton bester Novellenkunst – die heimtückische Falle langweiliger akademisch-germanistischer Schwafeleien zugunsten einer originell-kaleidoskophaften Erzählweise vermeidend – auch Einblick in das Räderwerk alltäglicher gesellschaftlicher Normen der handelnden Personen gebend. Das sprachliche Schönheitsideal der Autorin Elisabeth Thaler bietet uns in ihren ersten, in Buchform erschienenen Erzählungen Hoffnung auf einen Wiederpart gegen die Hässlichkeit der Sprache; es gibt mir persönlich

---

[43] Dederer, Claire: Genie oder Monster – von der Schwierigkeit, Künstler und Werk zu trennen. Piper. 2023.

die Hoffnung, dass schöpferische Phantasie und „(...) der natürliche Liberalismus des Geistes der Retter der Welt sein werden und nicht die Entschlossenheit und nicht der Terror."[44]

Dr. Dieter Scheidig; Museologe, Autor, im Januar 2024

---

[44] Thomas Mann, „Die literarische Welt", 7.1.1927, Nr. 1, 3. Jahrgang. S.1